F. FLEURIOT-KERINOU

FLEURS ET ROCHERS

PARIS

BLÉRIOT ET GAUTIER, LIBRAIRES-ÉDITEURS

55, QUAI DES GRANDS-AUGUSTINS, 55

1882

FLEURS ET ROCHERS

6938. — PARIS, IMPRIMERIE A. LAHURE
9, RUE DE FLEURUS, 9

F. FLEURIOT-KERINOU

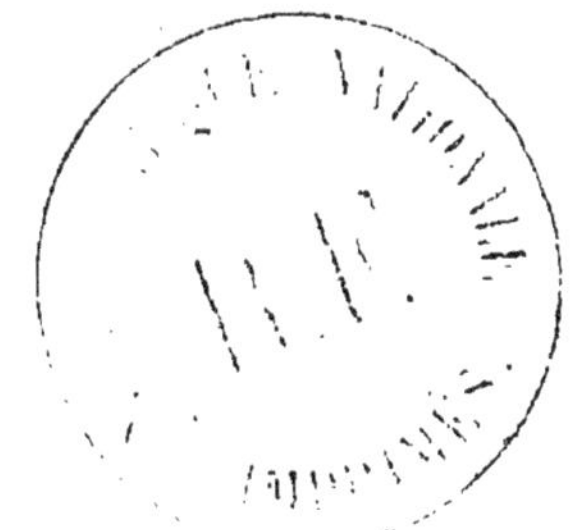

FLEURS ET ROCHERS

PARIS

BLÉRIOT ET GAUTIER, LIBRAIRES-ÉDITEURS

55, QUAI DES GRANDS-AUGUSTINS, 55

1882

A MADEMOISELLE ZÉNAÏDE FLEURIOT

Tu m'as souvent rappelé, ma chère tante, cette parole de mon enfance : « Je n'écrirai pas comme toi un GRAND *livre mais j'en écrirai un* PETIT ».

C'est ce PETIT *livre que j'offre aujourd'hui au public... en te le dédiant.*

FRANCIS FLEURIOT-KERINOU.

FLEURS ET ROCHERS

ODE A LA GAULE.

A quoi rêvez-vous donc le soir dans la bruyère,
Mystérieux dolmens, ô colosses de pierre,
Derniers restes d'un peuple ainsi que vous, géant?
Croyez-vous, sentez-vous que la fureur des brises
Va triompher enfin de vos larges assises
Et vous faire à jamais rentrer dans le néant?

Pourtant vous avez vu le Seigneur face à face,
Aux premiers jours du monde il vous donna la place
Que vous aurez encor quand nous aurons péri :
Le temps, notre ennemi dont la course est si brève,
Couronnant votre front des ans qu'il nous enlève,
L'homme sent à vous voir son orgueil amoindri.

Ah! vous la maudissez cette éternité même,
Voyant notre pays courbé sous l'anathème

Marcher en oscillant vers son dernier sommeil ;
Autels de nos aïeux, au milieu des tourmentes,
Vous pensez comme nous à ces races puissantes
Qui peuplaient l'univers sous un jeune soleil.

Ces titans sont tombés ; ici-bas tout s'écroule,
Et sur le sol natal où notre pied les foule,
Nous promenons, hélas ! nos pas indifférents ;
Mais ils vous ont dressé : c'est assez pour leur gloire
Et l'étranger surpris évoquant leur mémoire,
S'écrie : ils étaient grands !

Dans le passé, je vois ruisseler sur vos cimes
Le sang pur et vermeil des humaines victimes
Que le sort destinait au culte des faux dieux ;
Je vois les prêtres saints arracher aux entrailles
Le triomphe assuré des futures batailles,
Puis après les combats, la paix des jours heureux.

Qu'il était beau d'entendre aux clartés des étoiles
Les Bardes, fils du ciel, revêtus de longs voiles,
Au sommet des gal-gals célébrer leurs exploits,
Tandis que réunis au fond de la clairière,
Comme des loups blottis dans le sein de leur mère,
Se tenaient attentifs les bataillons gaulois !

Ces hommes vigoureux, enfants des premiers âges,
Savaient sous les rameaux de leurs forêts sauvages

Tresser des jougs aux nations,
Un grand cœur frémissait dans leur âme guerrière
Et faisait retentir jusqu'au bout de la terre
Ses larges palpitations.

La liberté guidait leur course vagabonde,
Les pas de leurs chevaux ébranlaient le vieux monde,
Ils n'avaient qu'à marcher tout leur était soumis :
Ils allaient, ils couraient, terribles avalanches,
Quand ils avaient passé les plaines étaient blanches
Des ossements des ennemis.

Leurs pieds nus secouaient la poussière des trônes ;
Sous des cieux étrangers les plus lourdes couronnes
N'étaient qu'un léger poids dans le creux de leurs mains,
Et lorsqu'ils s'avançaient de royaume en royaume,
Le glaive d'un Gaulois pesait le sort de Rome
Dans la balance des destins.

Quelques siècles plus tard, la victoire adultère
Termina tout à coup leur brillante carrière
Au seuil de leur foyer et sur leur propre sol ;
Sous le fer d'un tyran et des aigles romaines,
La liberté mourut à l'ombre des vieux chênes
D'où son aile autrefois prenait son large vol.

Et quand les derniers chefs de la Gaule rebelle
Pénétraient enchaînés dans la ville éternelle

Sur le char du triomphateur,
Quand ces vaillants guerriers montaient au Capitole
Le front haut et serein, gardant pour auréole
A défaut de lauriers, la fierté de leur cœur,

Quand les échos devant ces captifs formidables
Frémissaient des clameurs de soldats innombrables,
Ah! l'on se demandait si ces cris éperdus
D'un peuple qui toujours sut se connaître en gloire,
Applaudissaient le plus l'honneur de sa victoire
Ou l'héroïsme des vaincus.

Il fallut pour dompter le pays de nos pères,
Des généraux formés par six siècles de guerres,
Des combats acharnés, des travaux surhumains,
Et quand il succomba dans la lutte fatale,
C'est son sang qui teignit la pourpre impériale
Du premier des Césars romains.

. . . .
. . . .

Et vous rêvez toujours, ô colosses de pierre,
Lorsque le vent du nord gémit sur la bruyère,
Lorsque la nuit descend dans les bois chevelus,
Quand la voix du pays pleurant dans les orages
Semble redemander à ces mornes rivages
Les hommes valeureux des temps qui ne sont plus!

Muets contemporains de l'aurore des âges,
Voyant autour de vous s'énerver les courages,
Vous croyez que la Gaule arrive à son déclin;
Que le ciel irrité de nos impurs blasphèmes
Nous renie à jamais et nous livre à nous-mêmes,
Ainsi qu'un peuple impie à l'aveugle Destin!

Non, non, depuis le jour où notre Gaule altière
A levé son regard au sommet du Calvaire
Et courbe aux pieds du Christ un front pour l'adorer,
La fière nation qui peuple ses collines
A puisé sa vertu dans les forces divines,
Et son âme jamais ne doit désespérer.

Dieu lui réserve encor de grandes destinées,
Des bords de l'Océan aux cols des Pyrénées,
Apparaîtront un jour des héros inconnus;
La génération qui grandit et s'élève,
Dans ses puissantes mains saura brandir le glaive
De Bellovèse et de Brennus.

SULIME LE CORSAIRE.

— « Amis, le ciel est d'or et l'onde étincelante
Lave dans ses flots bleus la carène éclatante
De notre brick aux flancs d'airain...
Chantons, amis, la joie est sœur de la victoire,
Livrons-nous tout entiers aux transports de la gloire,
Le pirate est un souverain.

Laissons les continents aux cœurs pusillanimes...
Notre palais à nous bondit sur les abîmes,
C'est notre fier vaisseau... seul il peut nous charmer !
Méprisant à jamais la terre et les royaumes,
Enfin la liberté sait où trouver des hommes
Et des cœurs qui savent l'aimer.

Honte au pâle mortel dont la vie indolente
Ne s'est jamais livrée au vent de la tourmente,

Et trempée aux périls que nous avons courus,
Qui n'a pas sur le pont, au milieu du carnage,
Vu briller au soleil sa hache d'abordage
Et fumer le sang des vaincus.

Le pirate, titan que la valeur enflamme,
Mesure à l'infini les élans de son âme,
Fils de l'immensité, sa vie est un torrent;
Debout, il resplendit de gloire, et quand il tombe
Pendant l'éternité le berce dans sa tombe
Une vague aux reflets d'argent.

Malheur à qui nous hait! Malheur à qui nous brave!
Le monde sous nos lois courbe son front esclave
Et ronge en vain ses tristes fers.
A nous les chants joyeux, l'ivresse inassouvie,
Épuisons sans compter les trésors de la vie,
Le pirate est le dieu des mers! »

. . . .

Le vaisseau s'élançait sur la crête des lames
Et dressant dans les airs ses mâts ornés de flammes,
Semblait porter au ciel le défi des vainqueurs :
Nul ne lui disputait son colossal empire,
Enivré de succès, l'équipage en délire
Voilait ses canons sous des fleurs.

Il résista longtemps dans son dernier délire.
Honneur à lui! c'était un noble et beau navire;
Il finit vaillamment ainsi qu'il commença :
Comme un lion blessé qui tombe sur l'arène,
Il pencha sur la mer sa puissante carène
        Et lentement il s'enfonça.

Or, comme il approchait des lèvres de l'abîme,
Calculant son désastre, anéanti, Sulime
Sentit qu'il existait un être tout-puissant
Qui commande à son gré la foudre et la tempête;
Mais Sulime jamais n'avait courbé la tête
Et son cynique orgueil eut un rugissement :

« Invisible rival que je n'ai pu connaître,
Dit-il, je suis vaincu, tu peux régner en maître;
Puisque je suis brisé, tu n'as plus d'ennemis!
Pour moi, je reste fier et libre sous ta chaîne,
J'étais roi de la mer, je suis roi de ma haine,
Si tu m'as foudroyé, tu ne m'as pas soumis.

Va, mon dernier soupir sera pour te maudire...,
O pirate inconnu, vainqueur de mon empire,
Qui donc es-tu?...
                        Soudain une gerbe de feu
Décrivit dans l'espace une croix éclatante,
Et déchirant la nue au sein de la tourmente,
        Éclaira la face de Dieu!

LA LÉGENDE DES FEUX-FOLLETS

A Mme la Comtesse de Marcé.

Oh ! n'allez jamais voir errer les feux-follets
Qui luisent près des eaux en magiques reflets,
Car le roi des enfers, en ces mobiles flammes,
Emprisonne souvent ses plus perfides âmes,
Qui, vouant les humains à leur malheureux sort,
Les jettent palpitants dans les bras de la mort.

. . . .

. . . .

Berthe, pensive et triste en sa chambre déserte,
Tenait les yeux fixés sur une branche verte
Par sa mère arrachée au feuillage des bois....
Qu'est cela, disait-elle ?... Et, tombé de ses doigts,
Le fil blanc languissait sur le rouet sonore.
Elle pense, elle rêve ; un monde qu'elle ignore

Surgit dans sa pensée et de brûlants désirs
Dans son sein anxieux éveillent les soupirs.
Elle veut s'élancer dans sa soudaine ivresse
Loin de ces murs maudits où pâlit sa jeunesse,
Tout va faire vibrer d'un sentiment nouveau
Son cœur encor voilé des langes du berceau.

. . . .

Le jour où son regard s'ouvrit à la lumière,
Un séraphin parut ; puis il dit à sa mère :
« Femme il faudra souffrir et te sacrifier
Pour cet enfant que Dieu daigna te confier.
Un ange l'adorait dans l'île fortunée
Qu'habitait sa jeune âme avant qu'elle fût née.
Mais quand il vit l'exil dont cet être divin
Arraché de ses bras prenait le noir chemin,
Quand il le vit descendre aux rives de la terre,
Sur son immense amour aiguisant sa colère,
Il osa blasphémer le Seigneur dans les cieux;
Et la foudre aussitôt terrassa l'orgueilleux;
Puis, changeant en un corps hideux son corps rebelle,
Le lança pour toujours à la flamme éternelle !
Depuis ce temps, il souffre en cette mer d'horreur,
Il voudrait ressaisir la joie et le bonheur,
Et son âme à courir sans cesse condamnée,
Poursuivra jusqu'au jour de sa vingtième année
L'enfant que tu conçus dans ton amour si pur. »

L'étranger à ces mots s'éloigna dans l'azur.

Sous ce terrible arrêt la belle châtelaine
Entourant de hauts murs son immense domaine,
Enferma son enfant au sommet d'une tour
Où seuls s'introduisaient la lumière du jour,
Et les soins vigilants de sa vive tendresse.
Comme le lis léger que la brise caresse
Et qui reçoit du ciel ses charmes séduisants,
Ainsi Berthe reçut de l'amour et des ans
La sereine beauté, la douceur et la grâce.
Son père était le fils de cette ardente race
Dont le sang pur frémit sous le midi doré,
Et sa mère, beau cygne au regard azuré,
Avait reçu le jour dans la blonde Norwège.
Berthe naquit ainsi brillante, sur nos bords,
D'un rayon de soleil et d'un flocon de neige ;
Le rayon fut son âme et la neige son corps.
Enfermée en sa tour dès sa plus tendre enfance,
Sa pensée était pure ainsi que l'innocence :
Pareil aux séraphins, cet être virginal
Vivait dans la candeur en ignorant le mal.
Séparée avec soin du reste de la terre,
Elle ne connaissait des humains que sa mère,
Du monde que le ciel ; et pourtant le bonheur
Jamais ne remuait les fibres de son cœur.
— Oh ! lorsque son regard plongeant dans l'air limpide
Contemplait d'un oiseau la carrière rapide,
La liberté grondait dans son être impuissant :
« Ma mère, disait-elle, avec un triste accent,

Pourquoi donc vers les cieux comme les hirondelles
Pour prendre mon essor n'aurai-je jamais d'ailes ? »

Un soir, un soir de mai, veille de ses vingt ans,
Son âme tressaillit à la voix du printemps.
Délaissant sa prison, l'innocente captive
Trompa l'amour constant d'une mère attentive,
Et seule descendit au sommet du coteau.
O surprise ! devant ce spectacle nouveau,
La belle enfant s'arrête étonnée et ravie,
Ses sens s'ouvrent soudain aux charmes de la vie :
Elle prête l'oreille aux suaves accords
Que la brise des nuits module sur ces bords.
Au loin, de la forêt, l'ondoyante lisière
Se penche sur le cours d'une large rivière,
Qui, mirant dans son sein l'ombre des châtaigniers,
Voluptueusement coule et chante à leurs pieds.
La vallée exhalait un parfum d'ambroisie,
Au ciel étincelant, la lune épanouie,
Comme une jeune mère au lit de son enfant,
Endormait l'univers dans ses langes d'argent.
La vierge au front de lis, les pieds dans la verdure,
S'en allait, admirant la sublime nature,
Et s'arrêtait parfois à contempler les fleurs
Qui paraient le gazon de leurs fraîches couleurs,
Et qui, berçant leur tige au souffle du zéphyre,
S'entr'ouvraient sur ses pas comme pour lui sourire.
De sa bouche vermeille un cri joyeux et doux

Dans les airs transparents s'exhale tout à coup !
Une lumière étrange et bleuâtre auprès d'elle
Voltige et sur le front des roseaux étincelle.
Dieu ! qu'elle est belle à voir ! déjà la blanche main
De Berthe désirait la saisir; mais soudain
La flamme se dérobe et se tord et se plie
Et recule en brillant à travers la prairie.
La vierge suit sa trace et cherche vainement
A captiver enfin le mirage charmant ;
Mais bientôt d'autres feux dont le marais fourmille,
Dans un cercle enflammé cernent la jeune fille.
Elle s'arrête, hésite, et sent son pauvre cœur
Battre rapidement sous les coups de la peur.
Elle fuit et voudrait regagner sa demeure
Où sa mère affolée en gémissant la pleure,
Et de son nom chéri mille fois répété
Réveille les échos du castel enchanté ;
Mais, dans les prés herbeux et les plaines fécondes,
L'étincelant essaim des flammes vagabondes
S'acharne sur ses pas, l'entoure et la poursuit.
Comme un chevreuil léger, elle fuit... elle fuit...
Mais voici que devant ses regards la rivière
En reflétant le ciel, s'avance avec mystère,
Et berçant les roseaux avec des bruits confus,
Semble parler d'amour aux châtaigniers touffus.
L'enfant la voit briller et s'élance vers elle....
Mais le sol se dérobe à ses pieds de gazelle,
Et la rivière, ouvrant ses ondes de cristal,

Étouffe en un baiser cet être virginal.

Quand le premier rayon de l'aurore vermeille
Versant du haut des cieux au monde qui s'éveille
La lumière éclatante et l'espoir du printemps
A la vierge apporta la vie et ses vingt ans,
Il la vit sous l'ombrage et les larmes d'un saule,
Livide et les cheveux épars sur son épaule.
Un lit de nénufars soulevait ce beau corps
Qui semblait endormi dans les bras de la mort.
Autour de lui, les pieds soulevés sur les ondes,
Enlaçant leurs bras nus en d'infernales rondes,
Voltigeaient en chantant des gnômes froids et laids.

Oh ! n'allez jamais voir errer les feux-follets !

POURQUOI LES ROSES?

La terre était un bloc énorme
A peine émergé du Néant,
Un amas de matière informe
Roulant dans l'espace béant.

Dieu dit :
Je veux faire un royaume
Aussi beau que mon paradis
De ce monde errant dans les nuits;
J'en donnerai le sceptre à l'homme!

Mais il faudra qu'il pense à moi,
Bien que je lui sois invisible,
Et que son âme incorruptible
Me rende un hommage de foi.

Aussi faut-il qu'il me connaisse,
Je dois lui montrer qui je suis,
Que ce monde où je le conduis
Soit merveilleux avant qu'il naisse!

Qu'une lumière aux feux vermeils
Révèle à ses yeux mon Génie!

Le Seigneur dit : et les soleils
Peuplèrent la voûte infinie.

Je veux à ce grand univers
Qui prouvera mon existence,
Révéler ma Toute-Puissance...

Et Dieu fit les monts et les mers.

Il faudra bien que l'homme vive!
D'un mets par moi-même apprêté,
Je veux lui prouver ma Bonté.

Dieu fit les blés, les fruits, l'eau vive.

Maintenant que l'homme peut voir,
Se dit le Seigneur en lui-même,
Mes bontés avec mon pouvoir,
Est-ce assez pour que son cœur m'aime?

Va-t-il me craindre en ce séjour
A l'aspect des monts grandioses?
Comment lui prouver mon Amour?

Et ce jour là, Dieu fit les roses!

UNE CHASSE EN BRETAGNE.

A M. le Comte de Robersart.

Chasseur, prends ton fusil, midi brûle la plaine,
Malgré ses feux ardents, fuis un lâche repos.
Tes chiens impatients gémissent dans leur chaîne
Et le leste gibier t'attend au bord des flots.

Chasseur, tu pars ; c'est bien, va-t-en chercher fortune
Auprès des pluviers gris et des canards légers,
Car le tiède zéphyr berce sur la lagune
Ces oiseaux que l'hiver enfante dans la brune,
Et qui dorment sans crainte au sommet des rochers.

Silence..., cache-toi non loin de cette pierre :
Vois-tu vers toi là-bas s'avancer les halbrans ?
Ils ont quitté leur île et regagnent la terre

Pour assouvir leur faim dans un bois solitaire,
Ou paître l'herbe tendre au bord des noirs étangs.
Les voici... Le plomb siffle et les échos résonnent...
Trois d'entre eux aussitôt, arrêtés dans leur vol,
Battent en vain l'espace, hésitent, tourbillonnent,
Et vont, le front baissé, s'abattre sur le sol.

Vive Dieu! Quel bonheur, quelle joie ineffable
De presser dans nos mains ces membres palpitants,
Et durant le chemin que l'on fait sur le sable
De sentir le gibier tué, battre nos flancs...

Quels que soient les plaisirs que l'été nous prodigue,
Sous la voûte des cieux il n'est rien d'aussi doux;
Avec ce cher fardeau moins grande est la fatigue
Et tout prend un aspect riant autour de nous.

Allons, j'ai soif de sang, il faut que je l'apaise,
Voici de gais lapins... en joue : et feu sur eux...
Parmi le serpolet qui verdit la falaise,
Leur bande broute en paix et lutine à son aise
Sans songer au chasseur qui va troubler ses jeux.

Laissons des goëlands la cohorte inquiète
Voler au plus profond du firmament en feu,
On dirait à les voir tournoyer sur ma tête
Des flocons blancs dans le ciel bleu.

Et je marche toujours en foulant sur ma route
Les sauvages œillets dans les sables épars;
L'Esprit de ces beaux lieux les a semés sans doute...
Mais quel objet nouveau vient charmer mes regards?

Une enfant aux yeux bleus mollement se repose
Sur le sable doré. Je la connais... c'est Rose!
Comme un cygne assoupi près des ruisseaux chanteurs
Elle penche la tête et craint d'être surprise
Livrant ses blonds cheveux aux parfums que la brise
Cueille dans les vallons au calice des fleurs.

Elle pense sans doute au brun enfant des grèves
Qui lui voua son cœur et lui promit son nom,
Et vers le cher absent s'envolent tous ses rêves
Loin des bornes de l'horizon.

Tu sais bien que l'archange ami de la jeunesse,
Te le garde fidèle aux pays inconnus,
Que sous un ciel d'azur la mer enchanteresse
Ne sera pour Sonik qu'une douce caresse,
Comme le flot brillant qui baigne tes pieds nus.

Mais laissons-la rêver et sourire à la vie!...
Pour les halliers épais, quittons, quittons ces lieux.
Mes chiens font un vacarme horrible à faire envie
Aux démons blasphémant leur dignité ravie...

Qu'aperçois-je là-bas qui bondit devant eux?
Pauvre lièvre, où cours-tu? Mes chiens vont te poursuivre:
Approcher d'un chasseur... mais c'est braver le sort...
Va! bondis à plaisir dans ton instinct de vivre,
Rien ne peut conjurer ta mort.

Le coup part... et ton sang coule sur la fougère
Que tu foulais jadis dans ta course légère;
Je vois ton œil brillant pleurer, puis se ternir!
Oh! ta vie ici-bas est une étrange lutte,
Fauve enfant des buissons, chacun te persécute
Et tu meurs pour nous divertir!

Mais le soir vaporeux de sa brume bleuâtre
Enveloppe la tour de l'antique château,
Le sapin sec pétille et s'allume dans l'âtre,
Et sur l'horizon gris la lune au front d'albâtre,
Monte et s'épanouit au sommet du coteau.

Quoiqu'elle soit au ciel si brillante et si belle,
Elle est triste toujours l'amante du soleil,
De le voir mépriser son amour éternelle,
Et, comme un Dieu superbe en sa gloire immortelle,
Disparaître insensible à l'Occident vermeil.

. . . .

J'entends des voix en chœur vibrer sur la bruyère,
Ce sont des jeunes gens d'Arvor aux longs cheveux
Qui, les bras enlacés, regagnent leur chaumière,
Et passent en chantant au fond des chemins creux.

Soudain l'Angelus sonne au clocher, voici l'heure
Où la vierge candide et l'orphelin qui pleure,
Vont vers le même autel offrir le même amour;
Il est temps de gagner ma lointaine demeure
Où des êtres chéris attendent mon retour.

Mais laissons les chemins; la ravine est plus douce
Avec ses fleurs sans nombre et ses tapis de mousse
Qui croissent plus épais aux lisières des bois;
Allons... pour saluer au bout de chaque lande,
La foi de mon pays se levant toute grande
Sur le piédestal de ses croix.

On dirait à les voir, sur le couchant en flamme
Dresser leur front superbe et leurs bras de granit,
Que les vaillants bretons, qu'un amour saint enflamme
Ont dans le sang du Christ pétrifié leur âme
Et fixé pour toujours leur cœur dans l'Infini.

L'YSOLE.

A Mme de Kérigant.

Le Barde.

« Mystérieux Ysôle, onde limpide et pure,
J'aime entendre, la nuit, ton suave murmure,
Et te voir, sous un ciel paisible et constellé,
Baigner les vieilles tours du riant Kemperlé.
On m'a dit qu'autrefois au front de la montagne
D'où ta source d'argent jaillit dans la campagne,
S'élevait dans les airs le grand temple d'Hésus.
Les vierges qui peuplaient ces collines fleuries
Comme un rêve charmant se sont évanouies....
L'autel est renversé, les vierges ne sont plus.
Toute œuvre des humains enfante une ruine :
Mais toi, charmant ruisseau, dis-moi ton origine.

Et berçant dans son cours les fleurs de ses îlots
La rivière en chantant me répondit ces mots :

La Rivière.

« Elle était belle, Ysol, l'enfant au teint de neige,
Ysol, une des fleurs du radieux cortège
Qui vouait sa jeunesse aux mystères d'Hésus.
Au doux pays d'Arvor par le ciel déposée,
On la vit un matin naître de la rosée
Dans le calice d'un lotus.

Les orphelins privés des baisers de leurs mères,
Le pauvre chancelant sous ses douleurs amères,
Trouvaient en ses présents la joie et le bonheur ;
Elle avait la douceur qui captive et console,
Et, ses dons épuisés, le miel de sa parole
Versait aux malheureux les trésors de son cœur.

Quand elle eut ici-bas resplendi quinze années,
L'esprit qui tient au ciel le fil des destinées
Lui dit que son exil allait bientôt finir ;
Ysol, à ces accents de la voix inspirée,
Déposa sur l'autel sa faucille sacrée
Dont le tranchant brisait les sceaux de l'avenir.

Aux branches d'un laurier, la blonde prophétesse
Suspendit doucement sa harpe enchanteresse

Dont les accords charmaient les échos du saint lieu,
Et l'âme qui vivait dans ces cordes vibrantes
Les rompit et s'enfuit dans les forêts géantes
En poussant un soupir triste comme un adieu.

Elle para son front de ces pâles verveines
Que la main d'un enfant pendant les nuits sereines
Cueillait avant minuit sur les bords du torrent ;
Puis, seule, accompagnant ses compagnes divines,
La vierge descendit la pente des collines
Et s'assit près d'un saule au feuillage d'argent.

C'était l'heure vermeille où, l'aube à peine éclose,
Sur l'océan du ciel monte comme un flot rose
Et se montre riante au seuil de l'infini ;
Où, le joyeux zéphir, sur ses ailes légères,
Porte au sommet des monts l'encens des primevères
Et berce en l'éveillant la colombe en son nid.

C'était aussi le temps où verdissent les chênes,
Où les frêles genêts et les landes prochaines
Voilent d'un manteau d'or leur sombre aridité ;
Où la prairie en fleurs dans la vallée assise,
Émeraude vivante ondoyant sous la brise,
Semble frémir d'amour et de félicité.

Alors le chant des bois devient une prière,
Tout bocage est parfum, tout objet est lumière,

L'air est doux, le ciel pur, radieux et charmant;
Au bonheur la nature entière s'est donnée,
Et célèbre au printemps le sublime hyménée
De la terre et du firmament.

Devant ce beau spectacle étonnée et ravie,
La vierge devint triste et regretta la vie,
Et ses jours de soleil hélas! sitôt flétris....
Ainsi que la rosée en perle étincelante
Tombe du sein des lis, une larme brûlante
Roula de ses cils d'or sur les gazons fleuris.

O prodige! une source éblouissante et pure,
En gerbe de cristal jaillit de la verdure
Et sur l'émail des prés roula ses claires eaux;
Dans les airs les oiseaux saluaient son passage,
Et les arbres touffus qui bordaient son rivage
Sur son cours grâcieux courbaient leurs frais rameaux.

Et depuis ce temps-là je chante ou je soupire;
Fleuve né d'une larme et d'un dernier sourire,
Je m'éveille et m'endors en un berceau de fleurs;
Au retour du printemps mes rives sont si belles
Que le saule, oubliant ses douleurs éternelles,
Flexible et verdoyant rit à travers ses pleurs.

Rien ne trouble en sa paix ma course harmonieuse,
En quittant la fraîcheur de la forêt ombreuse;

Reflétant le soleil ou les clartés du soir,
Ma voix dans les roseaux est si douce et si tendre,
Que tout cœur attristé, s'arrêtant pour l'entendre,
Croit écouter Ysol qui lui murmure : Espoir !

Les blonds enfants d'Arvor m'ont appelé l'Ysôle ;
Sur un sable doré coulant de saule en saule,
Mes ondes de cristal vont à l'océan bleu.
Bienheureuse ici-bas l'âme fière et ravie,
Qui côtoie en chantant les rives de la vie
Et pure, comme moi, va s'abîmer en Dieu !

UNE PRIÈRE D'ATTILA.

Attila déjà vieux, retiré dans son Kraal,
Vaincu par le destin inconstant des batailles,
Attendait que le jour sanglant des représailles
Sur l'univers levât son soleil sépulcral.

Il avait suspendu sa hache formidable
Encor rouge de sang aux murs de son palais,
Et sa vie, au milieu de son peuple innombrable,
Comme un torrent calmé s'écoulait dans la paix.

Pourtant quelque douleur attristait sa pensée,
Car, au lever de l'aube, au sein d'un bois profond,
Il venait, méditant sur sa splendeur passée,
Toujours seul et pensif, toujours plissant le front.

Un matin terminant sa course aventurière,
Au pied d'un châtaignier le roi des Huns s'assit :
Il ôta son grand casque et bientôt s'endormit
Sur le tapis des bois clair-semé de lumière.

A quoi rêvait-il donc? Nul ne le sait que Dieu!
Or pendant son sommeil voici qu'une fauvette
Vint suspendre son vol au-dessus de sa tête,
Dans le vert châtaignier qui montait au ciel bleu.

Et là, le corps brillant des splendeurs de l'aurore
Qui s'épanouissait au seuil des horizons,
L'oiseau mélodieux, de son gosier sonore,
Roula les flots perlés de ses tendres chansons.

Une flèche, soudain, glissa dans l'air tranquille...
La fauvette aussitôt cessant son doux accent,
Ne pouvant plus voler, quitta son frais asile
Et tomba sur le sol qu'elle teignit de sang.

Frémissant de douleur, fuyant l'aile brisée,
La main qui la surprit et qui la mutila,
Vite elle se traîna parmi l'herbe irisée,
Puis se blottit au fond du casque d'Attila.

Et muette à présent, la fauvette éperdue
Attendait pour mourir que son bourreau la vît...
Attila s'éveilla... Le chasseur à sa vue
Dans les halliers épais rapidement s'enfuit.

Alors le roi des Huns aperçut la fauvette
Dont l'œil brillait dans l'ombre et semblait l'implorer;
Dans sa puissante main il plaça la pauvrette
Et resta quelque temps à la considérer.

« J'aime le sang, dit-il, son aspect me rappelle
Un passé glorieux hélas ! trop oublié,
Et pourtant à le voir ruisseler sur ton aile,
Faible oiseau, je me sens émouvoir de pitié.

Mais mon cœur impuissant n'a que des vœux stériles,
Fauvette, près de moi pourquoi donc te cacher?
De l'Oural à la mer, sur les champs, dans les villes,
J'ai su verser le sang, mais comment l'étancher ?

Ici-bas mon seul but fut toujours de détruire,
Aussi, devant ton mal, mon sceptre est un roseau ;
Je puis ôter la vie à tout ce qui respire
Mais je ne puis la rendre au plus petit oiseau.

Ah ! s'il est quelque part au delà de la terre,
Un être créateur et maître de nos jours,
Qu'il m'entende ! Attila lui fait une prière ;
C'est la première fois qu'il implore un secours :

Qu'il rende à cet oiseau l'existence arrêtée
Par la flèche barbare ! »

A ces mots Attilà,
Élevant vers le ciel sa main ensanglantée,
L'entrouvrit doucement....
Et l'oiseau s'envola.

LA NAISSANCE DE L'AMOUR AU PARADIS D'ODIN.

Épouvantés du mal qui désolait la terre,
Les dieux du Valhalla s'assemblèrent un jour,
Et voulant mettre un terme au crime, à l'adultère,
A l'envie, à la haine, ils créèrent l'Amour.

C'était dans le palais où l'Aurore s'éveille,
Où les Esprits divins suspendent leur essor,
Où le frêne Yggdrasill de son feuillage d'or,
Baigne le Valhalla dans une ombre vermeille.

Là, dans l'air lumineux des rayons infinis,
Planait des Elfes blancs le splendide cortège,
Sur des tapis d'azur et des trônes de neige,
Se tenaient tous les dieux en cercle réunis.

La déesse Freya se leva la première.
Devant elle brillait un merveilleux ciment,
La déesse le prit, debout dans la lumière,
Et de ses doigts divins le pétrit doucement.

Ce ciment était fait de l'essence des choses;
Il avait du soleil un rayon enchanté,
Et le parfum des lis et la couleur des roses,
Et Freya, le moulant, lui donna la beauté.

Alors le grand Odin dont le puissant génie
Dans l'immense néant fit germer l'univers,
Qui donna l'âme à l'homme et les astres aux mers,
Souffla sur le ciment et lui donna la vie.

Puis une Valkyrie arrivant à son tour,
Orna le nouveau-né de ses grâces charmantes,
Héla, le dieu voleur du céleste séjour,
Sur ses épaules mit deux ailes éclatantes.

De la force Wodan orna son faible corps,
Thor, le terrible dieu qui peut réduire en poudre,
Sur un signe d'Odin, les êtres les plus forts,
Lui mit entre les mains un rayon de la foudre.

La chasseresse Olda dont la meute est aux cieux,
Craignant que l'enfant blond armé de son tonnerre
Ne décuplât le mal qui régnait sur la terre,
Dénoua son écharpe et la mit sur ses yeux.

Et tous les dieux heureux du chef-d'œuvre de grâce
Qu'ils avaient enfanté dans leur divin pouvoir,
Au plus haut de l'azur lui donnant une place,
De tous les points du ciel accouraient pour le voir.

Tout à coup il se fit un bruit dans les nuées,
Puis un char radieux et fait d'un diamant
Que deux cygnes traînaient de leurs ailes d'argent,
Franchit rapidement les plaines éthérées.

Et l'on vit de ce char descendre la Pitié;
Elle quittait la Terre et semblait irritée;
L'aveugle Humanité, par le mal excitée,
La bannissait loin d'elle ainsi que l'Amitié.

Elle se dirigea vers l'enfant blond et rose
Que les dieux entouraient, ravis, de toutes parts,
Et sa main, où toujours la caresse se pose,
Arracha le bandeau qui voilait ses regards.

« Vois juste, lui dit-elle, et sois cruel, perfide!
Chacun des dieux te donne un présent enchanteur,
Mais demeure incomplet dans ta beauté splendide,
Car moi, j'étais absente et je donne le cœur.

Les sauvages humains du monde m'ont bannie,
Venge-moi, séduis-les par ton regard si beau,
Exerce sur leur âme une âpre tyrannie,
Né pour être un bienfait tu seras un fléau.

Vois juste, bel enfant, et prépare tes armes,
Va, prodigue aux mortels la haine et le trépas,
Méprise leur prière et leurs cris et leurs larmes,
Tu perceras leur cœur et tu n'en auras pas ! »

LE MARRONNIER.

Entre ma fenêtre et la tienne,
Ma belle, il croît un marronnier :
Un jour il faut qu'il m'appartienne,
Et j'abattrai son dôme altier.

Quand je vins habiter ma chambre,
J'étais mécontent de mon sort ;
C'était un matin de décembre,
Le marronnier paraissait mort.

Mais lorsqu'à travers sa ramure,
Son squelette rugueux et noir,
Je vis flotter ta chevelure
Sur tes vitres aux feux du soir,

Quand je pus parler sans parole,
T'adresser un tendre bonjour,

T'envoyer le baiser qui vole
D'un cœur à l'autre avec l'amour,

Ce bonheur, ce plaisir suprême
De se sourire et regarder,
De contempler l'objet qu'on aime
Tu me l'avais fait posséder.

Mais voici que le soleil brode
Au parc un tapis printanier,
Qu'il jette un manteau d'émeraude
Sur le vieux tronc du marronnier.

Voici qu'entre le babillage
De nos cœurs vifs et palpitants,
Le printemps a mis son feuillage....
Et je n'aime plus le printemps.

Aussi de tous mes vœux j'appelle
L'hiver et les neiges du nord,
Le ciel noir, la bise cruelle,
Pour que l'arbre maudit soit mort.

Car j'aime mieux voir ton visage
Que les fleurs du printemps vermeil,
Tes cheveux blonds que le feuillage
Et tes beaux yeux que le soleil.

MAUVAIS PRÉSAGE.

Que ton plumage est laid dans l'aubépine blanche!
O corbeau, qu'attends-tu pour quitter nos climats?
Crois-tu que les flocons dont s'étoilent les branches
Malgré tout leur parfum soient encore des frimas?

L'hiver n'a-t-il donc pas à ta faim dévorante
Assez longtemps fourni le tribut de la mort;
Crois-tu que poursuivant une course sanglante,
L'homme sera toujours la victime du sort?

Peut-être bien le flair de ton instinct sauvage
Prévoit il des fléaux qui vont fondre sur nous;
Peut-être, captivé par un sombre présage,
Attends-tu les rigueurs du destin en courroux?

Va-t-en vers le pays ou naît la nuit affreuse,
Le printemps nous appelle en ses charmants abris;

Il rend au rossignol sa voix mélodieuse
Il fait naître les fleurs où gisaient les débris.

Regarde autour de nous ces choses admirables,
Et la mousse couvrant d'un tapis les déserts,
Et le cristal des eaux roulant sur l'or des sables,
Et le dôme des bois ondulant dans les airs ?

Vois-tu l'ombre des soirs qui glaçait d'épouvante
Nous offrir à présent les délices du jour ?
Pourquoi le vent plus doux, la terre plus vivante
Si ce n'est pour la paix et la joie et l'amour ?....

Vestige d'un hiver disparu dans les brumes,
Suis-le !... ton triste aspect éveille les ennuis,
Je croirai, si tu pars, qu'il n'est plus d'amertumes
Que l'hiver et la mort au loin se sont enfuis !

STELLA MATUTINA.

Sonnet.

A M. l'abbé Dumax.

Il est une forêt sombre, inhospitalière,
Habitée autrefois par un méchant Lutin,
Et tous les voyageurs qui passaient sa lisière,
Y rencontraient la mort en cherchant leur chemin.

Mais un jour, ô Marie, un pieux solitaire
Éleva ton image au milieu d'un ravin ;
Et maintenant la nuit cette forêt s'éclaire
De divines clartés, Étoile du matin.

Ainsi l'homme en passant la forêt de la vie,
Aux viles passions voit son âme asservie ;
Il hésite, s'égare, oubliant son destin,

Mais la foi dans son cœur élève ton image,
O Vierge, c'est assez, il a repris courage,
Voit clairement son but et va droit son chemin.

NOEL.

SONNET.

Minuit ! un César rêve et sa couche est d'ivoire,
Il est pontife et roi, quand donc sera-t-il dieu ?...
Mais le temps a détruit l'éclat de sa mémoire,
Et son royal tombeau n'est plus sous le ciel bleu.

Minuit ! un enfant naît, l'étable est froide et noire,
L'hiver, la pauvreté, sont dans ce triste lieu ;
Pourtant le vent murmure un cantique de gloire,
Un nouvel astre au ciel brille d'un divin feu.

Le berceau de Jésus est devenu navire ;
Son mât est une croix témoin d'un long martyre ;
Sa voile est l'étendard des grandes nations ;

Et superbe, voguant sur l'océan du monde,
A travers les écueils et les fureurs de l'onde,
Il porte au paradis les générations.

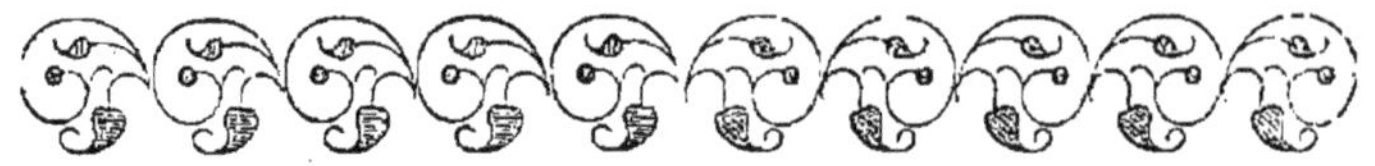

CAVEANT PŒTÆ !

Quand les oiseaux aux grandes ailes
Et dont les pieds sont tout petits,
Quittant les sphères éternelles,
Au bord des eaux qu'ils trouvent belles,
Se sont posés... Les voilà pris.

Ne pouvant regagner l'espace
Qui suffisait à leur bonheur,
La boue à leurs plumes s'enlace,
Et souvent un homme qui passe
Vient les broyer avec horreur.

Aussi c'est aux sommets que dore
La première lueur du jour,
Qu'un nid charmant les voit éclore,
Et que, par la brise sonore,
Ils sont bercés avec amour.

Si l'oiseau sentant sa faiblesse
Est fidèle à la loi de Dieu,
Son instinct jamais ne l'abaisse ;
Il chante et vole avec ivresse
Dans l'immensité du ciel bleu.

Ainsi le poète sublime
Est créé pour les grands destins ;
Habitant une haute cime,
Il plane au-dessus de l'abîme
Où rampent les autres humains.

Mais si, fatigué de lumière,
Quittant sa contemplation,
Il veut descendre sur la terre
C'en est fait, sa noble carrière,
S'arrête dans la passion.

Et lui, lui l'homme aux ailes d'ange,
Dont le vol embrassait l'azur,
Il se vautre, là, dans la fange,
Se repaissant du vil mélange
Des plaisirs et du vice impur.

Plus hideux que l'homme vulgaire
Qui sait encore où se cacher,
Il se débat dans la matière,
Lui qui planait dans la lumière...
Il n'était pas fait pour marcher !

Et la mort, passant implacable,
Voyant ce génie au cœur d'or
Traîner sa honte ineffaçable,
L'écrase entre les grains de sable
Avant qu'il ait repris l'essor.

CONTRE LES ROSES.

Oui, l'objet sur lequel le regard est tombé
Lorsque nous souffrions, nous devient haïssable,
Il conserve à jamais l'empreinte ineffaçable,
Le stigmate du mal qui nous tenait courbé.

Un jour où la douleur déchirait mes artères,
Où mon cœur mutilé saignait de toute part,
Je me trouvais assis au milieu des parterres ;
Sur des roses longtemps je fixai mon regard.

O roses, autrefois vos senteurs m'étaient douces,
Je formais près de vous des rêves, des souhaits ;
Et mollement couché sous vos pieds, dans les mous-
[ses,
Je croyais au bonheur... maintenant je vous hais.

Bien que le cycle heureux où roulent les années,
Ait six fois au printemps renouvelé les fleurs,

Vos corolles pour moi restent empoisonnées
Et ravivent encor la source des douleurs.

Je vous fuis comme on fuit à l'aspect des supplices;
Je quitte vos bosquets pour n'y plus revenir...
Ce n'est plus le parfum qui sort de vos calices,
O roses, c'est le souvenir!

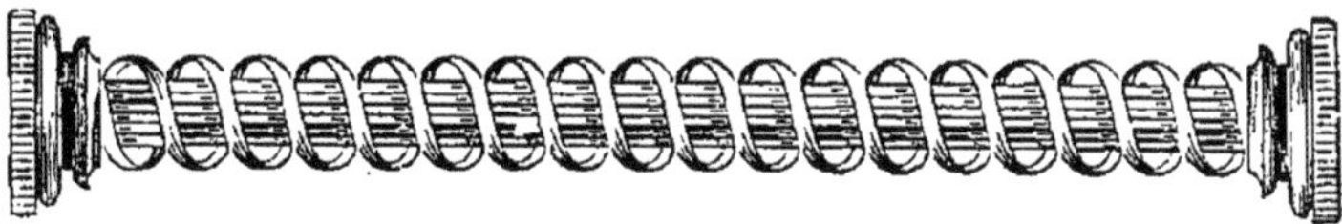

LE CHANT DU SABRE.

Au 7me Hussards.

Mon sabre, ta gouttière est large
Et ton tranchant est d'un fil pur,
Quand le clairon sonne la charge,
Ta lame a des reflets d'azur ;
Et comme un rayon qui flamboie,
Tu sembles tressaillir de joie
Sur les flancs de mon fier coursier ;
En toi quelque chose doit vivre
Qui répond aux appels du cuivre
Dans les fibres de ton acier.

Compagnon de ma destinée,
Nous nous suivrons jusqu'au trépas ;
Mais notre vie infortunée
S'écoule bien loin des combats.
Je t'entends, ô ma bonne lame,
Comme en une prison infâme,

Gémir dans ton fourreau d'airain ;
Je sais qu'à ton ardeur sauvage
Il faut l'horreur et le carnage,
Et pour ta soif, le sang humain.

N'es-tu pas une plume d'aile
Qu'a laissé tomber en passant
Pour châtier l'homme rebelle,
L'ange du dernier Jugement ?
Lorsque les nations impies
Ont immolé les lois bénies
A leurs coupables passions,
Dieu te parle... et dans sa colère
Inflige aux peuples de la terre,
Par toi, de terribles leçons.

La paix, la paix pusillanime,
Tu la méprises comme moi ;
Tu préfères l'heure sublime
Où tu peux imposer ta loi.
Loin de nous d'impures délices,
Le cœur se détruit dans les vices,
L'honneur y sombre tout entier,
L'âme dans les plaisirs chancelle,
La mollesse s'étend sur elle
Comme la rouille sur l'acier.

Mais lorsque la voix de la guerre
Appelle le brave et le fort,

Tu vas dans la sombre carrière
Ouvrir les chemins de la mort.
Au galop d'un coursier rapide,
Tu poursuis ta course homicide
Dans la lumière des canons;
Comme le fléau des royaumes,
Tu vas d'instinct au cœur des hommes
Boire le sang des nations.

Tu la connais la vierge blonde
Dont la tendresse m'a séduit,
Qui m'illumine dans ce monde
Comme une étoile de la nuit!
Un jour d'adieu, jour de tristesse,
Dans un élan de pure ivresse,
Elle t'a serré dans ses bras,
Et puis ses lèvres adorées
Sur ton acier se sont posées...
Tu la défendras n'est-ce pas?

Mais plus haut que l'amour vulgaire,
Plus haut que les pures amours,
Pour nous il existe une mère
Qu'il nous faut défendre toujours:
C'est la France notre patrie,
Dont la face est encor meurtrie
Et qui porte une plaie au cœur.
Rappelle-toi, ma bonne lame,

Qu'elle t'a confié son âme,
Et sa vengeance et son honneur.

Ainsi qu'une sombre muraille,
Lorsque sur les rives du Rhin,
Nous serons rangés en bataille
Pour nous venger jusqu'à Berlin;
Tremblez, nations orgueilleuses,
Quand nos lames victorieuses
Jailliront hors de leur fourreau,
Leur éclat superbe et sonore
Sera la formidable aurore
Qui luira sur votre tombeau.

O jours de triomphe et de gloire,
Venez du sein de l'avenir,
Enfin rendez-nous la victoire
Que Dieu retient pour nous punir !
Alors, ô mon sabre invincible,
Suivant notre course terrible
A travers la plaine et les monts,
Par les villes et la campagne,
Nous traverserons l'Allemagne
Au vol sanglant des escadrons.

LA SÉPULTURE DES PAIENS.

> Sur les rives sablonneuses du torrent succomba plus d'un païen.
>
> TENNYSON (ELAINE).

. . . .
. . . .
. . . .
. . . .

Quand la bataille fut finie
Il fallut enterrer les morts;
Pour la triste cérémonie
On prit les hommes les plus forts:
Mais à la fin de la journée
Ils avaient épuisé leurs bras...
La terre n'était pas creusée...
Car la terre n'en voulait pas.

Dans le ciel chargé de ténèbres
Tournoyait un vol de corbeaux,
Ces oiseaux aux accents funèbres,

Des morts deviendront les tombeaux !
Mais la lourde et noire nuée,
Méprisant ces hideux appâts,
Vers le couchant s'est éloignée...
Car les corbeaux n'en voulaient pas.

La nuit envahissait la plaine,
Les bois hurlaient affreusement.
— « Allons, cria le capitaine,
Les loups feront l'enterrement ! »
Mais lorsque reparut l'aurore,
Ceux qu'avait frappés le trépas
Sur les coteaux gisaient encore...
Les loups non plus n'en voulaient pas !

Or, le capitaine eut un rêve.....
Il vit les âmes des maudits
Que moissonna le fil du glaive
S'avançant vers le paradis.
Mais bientôt l'archange terrible
Qui plane au milieu des combats,
Les chassa de ce lieu paisible...
Dieu, dans le ciel, n'en voulait pas !...

L'AUTOMNE.

Nature, tu flétris, tu tombes; et l'automne
Dans un cercle mortel t'étreint et t'environne;
Sous un ciel noir pareil au dôme d'un cercueil,
Meurent les ornements qui faisaient ton orgueil.
Trop faible pour lutter contre ces lois sévères
On dirait que la vie hésite en tes artères;
Et le vent qui chantait naguère tes beaux jours,
Pleure en te dépouillant de tes charmants atours.
Pauvre nature! Et moi, chétif, qui suis un homme,
Qui dans tes éléments ne suis qu'un pâle atome,
Mon esprit par les ans sans cesse rajeuni,
Qu'il soit sombre ou joyeux, monte vers l'infini.
Rien ne tombe chez moi, tout grandit ou demeure;
Je vais m'enrichissant d'un trésor à chaque heure,
Déployant mes désirs, ouvrant mes horizons,
Car l'homme est immortel et n'a pas de saisons.
Ah! tombe, enlaidis-toi, grande et vile matière,

Aux caprices du sort tu ne peux te soustraire;
Si l'air se refroidit, soudain de toutes parts,
Tes attraits d'un printemps au loin s'en vont épars.
Rien dans tes larges flancs n'indique, ne révèle,
D'une vraie énergie une seule étincelle;
L'automne inexorable emporte ta beauté;
Tu l'as laissé t'atteindre et n'as pas résisté.
Hélas! je sais qu'en moi les atteintes trop fortes
Du vice, emporteraient où vont tes feuilles mortes,
Ma foi : mon bouclier, ma vertu : mon joyau,
Mes aspirations vers le vrai, vers le beau.
Mais Dieu qui, sur les siens, veille à toute minute,
Affermirait mon cœur pour soutenir la lutte,
Calmerait dans l'amour mon être révolté,
Et n'aurais-je pas Dieu que j'ai ma volonté!
— Une fois seulement, triomphante et superbe,
Tu m'enseveliras, nature, sous ton herbe,
Quand mon corps imparfait frappé du grand sommeil
Dormira dans tes flancs attendant le réveil.
Mais un jour aussi, moi, porté sur les nuées,
Éternel comme Dieu qui compte tes années,
Je verrai le néant revendiquer son bien
Et morte, l'effacer des cieux où tu n'es rien!...

L'ENFANT.

Quand l'enfant vient au monde au sein des grandes
[villes,
C'est une idole, un dieu ; de ses membres débiles
On chasse le travail avec un soin jaloux,
On met dans son esprit de sonores paroles,
Dans ses doigts vacillants quelques hochets frivoles ;
Et devant ses désirs on se tient à genoux.

L'homme fait de l'enfant son jouet, sa conquête !
L'enfant n'est pas à nous, le Seigneur nous le prête
Pour l'élever dans l'ordre et défendre sa loi ;
Mais non ! il est heureux... le reste est inutile ;
Et dans l'aveuglement d'un amour trop stérile,
On croit aimer l'enfant et l'on n'aime que soi !

Hélas ! pour moi qui sais que les faibles épaules
De cet être divin, frêle comme les saules,

Porteront le fardeau que pèse l'avenir,
Je sème en son esprit d'éternelles pensées,
Je mets entre ses mains des armes aiguisées
Qu'un jour en combattant, il lui faudra tenir.

Je laisse les amants du vermeil et du rose
Admirer dans l'enfant une charmante chose,
Borner à sa beauté l'élan de leur amour; [sommes
Mais sachant clairement qu'en ce siècle où nous
La lutte et le travail rempliront chaque jour,
Si j'aime les enfants, je vois en eux des hommes !

GLORIA JUSTIS !

La gloire adore les poètes,
Les artistes et les guerriers ;
Elle fait pleuvoir sur leurs têtes
Avec les fleurs, les lauriers.

Et toujours suivant leur exemple
Qu'il soit divin ou bien fatal,
L'humanité ne les contemple
Que debout sur un piédestal.

Fait de bruits d'ailes ou d'armures,
L'éclat sonore de leur nom
Réveillera l'ambition
Des générations futures.

Pourtant il existe ici-bas
Des êtres perdus dans la foule,
Dont la vie humblement s'écoule,
Dont le succès n'approche pas.

Ce sont ceux qui, dressant la tête
Devant le vice ou bien l'acier,
Servent d'idéal au poète,
Souvent de soldat au guerrier.

Ceux qui prodiguent la fortune
Dont le Seigneur leur a fait don,
Pour soulager toute infortune,
Pour consoler tout abandon.

Ceux qui, simples dans leurs paroles,
Ne puisant qu'en Dieu leur conseil,
Vivent obscurs.... car le soleil
Semble jaloux des auréoles.

Ceux qui, sans se lasser jamais,
Offriront le sang de leurs veines ;
Et qui, pour prix de leurs bienfaits,
Récoltent des moissons de haines.

Et lorsque le trait des douleurs
A frappé ces rudes apôtres,
Loin d'en désirer pour les autres,
Ils n'en deviennent que meilleurs.

C'est que leur âme est un ciboire
Rempli de sublimes amours...
Qu'ils soient oubliés pour toujours,
Non, non, je ne puis pas le croire!

Ils ne livrent rien au Hasard.....
Les jours bénis qu'ils ont su vivre
Sont des pages... et quelque part
Toutes ces pages font un livre.

Bien que le monde indifférent
Leur fasse un accueil dérisoire,
Ces inconnus ont une gloire!
Où donc?
Il suffit, Dieu m'entend!

PAIX ET GUERRE!

I

Alain de Quénécan fuyait la politique :
Dans les murs de granit de son manoir rustique,
Au milieu de ses prés, ses champs, ses bois épais,
Ses jours laborieux s'écoulaient dans la paix.
Alain, bien qu'il fût pauvre, était bon gentilhomme,
Mais son cœur n'avait pas d'ambition ; en somme,
Il était très heureux.
Un parc, un vieux manoir,
Cent arpents de sillons, formaient tout son avoir ;
Et lui-même faisait produire cette terre.
Quand parfois un ami lui parlait de la guerre :
Alliés, ennemis, vaincus ou triomphants,
Il s'en occupait peu ! — Deux tout petits enfants,
Blancs agneaux s'élevant sur le cœur de leur mère,
Otaient de son esprit le rêve et la chimère ;
Ces trois êtres charmants composaient tout son bien ;
Au delà de son nid, il ne voyait plus rien.

Ainsi tranquille et seul auprès de sa compagne,
Alain de Quénécan vivait à la campagne :
Le bonheur est timide, il aime à se cacher.
Près d'eux, une chapelle au gracieux clocher,
Voyait à son autel et sous sa voûte blanche,
Un vieil abbé du bourg venir chaque dimanche,
Qui, laissant au curé le soin des paroissiens,
Disait messe et sermon pour Alain et les siens.

Chaque printemps, à l'heure où la clarté commence,
Alain allait aux champs voir croître la semence
Que sa main déposait l'hiver dans les sillons.
Il arpentait les prés dorés de papillons,
Examinait ses foins, son froment, ses ressources ;
Enfin, s'il se sentait fatigué de ses courses,
Demandait humblement un asile au berger.
Souvent, interrogeant les fleurs de son verger,
Il voyait si des fruits les cueilles seraient belles,
S'il aurait des raisins, pommes et mirabelles,
Et toujours il pensait à ces êtres chéris
Dont le bonheur, la joie étaient ses plus doux prix;
Aussi, pour compenser sa peine et sa fatigue,
La terre, chaque année, était-elle prodigue !

Le soir, il revenait chez lui par les sentiers
Ombragés de rameaux, bordés de noisetiers,
Ou bien par les ruisseaux, qu'au sein des crépuscules,
Rase d'un vol de feu l'aile des libellules.

Mais avant de s'asseoir près des siens au repas,
Auprès de la chapelle il suspendait ses pas;
Puis, séchant la sueur qui perlait à ses tempes,
Il venait le front nu s'incliner sous les lampes,
Remercier le Dieu qui rend les champs féconds,
Les nids mélodieux et les bonheurs profonds.

II

Un soir qu'il avait fait sa prière d'usage,
La paix au fond du cœur et le calme au visage,
Il dirigea ses yeux du côté du manoir
Dont les rudes contours montaient sur le ciel noir;
Mais il n'y trouva pas la vie accoutumée.
Pas de lumière au seuil, au toit pas de fumée!...
Inquiet, pressentant le crime ou le danger,
Il traverse en courant l'allée et le verger,
Franchit de son jardin l'immense et haute grille
Qui portait à son front l'écusson de famille;
Puis, l'angoisse à la gorge et le sein palpitant,
La main contre le mur, il marche en hésitant.
La porte d'une salle est ouverte... il regarde!
Horreur!... Il aperçoit, dans la lueur blafarde
Du soleil qui brisait ses feux sur les vitraux,
Une femme, un enfant, gisant sur les carreaux.
Dans un miroir de sang leur front pur se reflète
Et la mort a scellé leur lèvre violette.

La fureur et le vol au manoir sont entrés ;
Les meubles sont partout saccagés, éventrés :
Une cocarde rouge et des armes à terre
Jettent quelque lueur sur l'horrible mystère.
Et sa fille... Marie?... Elle avait disparu!

Alain restait muet : souvent il avait cru
Que le mal n'est qu'un mot dont l'esprit se délivre...
Aujourd'hui le malheur avait ouvert son livre
Et donnait au sceptique une atroce leçon.
Mais Alain possédait une forte raison ;
Son cœur était de feu, sa volonté de pierre,
Aucun pleur n'humecta le bord de sa paupière,
Nul cri ne contracta sa bouche; pâle et seul,
Il mit les morts chéris dans les plis d'un linceul,
Puis s'armant de courage et prenant une pelle,
Il leur fit une fosse auprès de la chapelle.

Quand tout fut achevé, passant par les courtils,
Il y prit sa charrue et ses rudes outils,
Ensuite, par trois fois retournant à la grange,
Saisit pelles, marteaux, pioches de forme étrange,
Faucilles qui servaient à couper le blé noir,
Et puis il entassa ces objets au manoir.
Un tison entouré d'une flamme bleuâtre,
Dernier reste de vie, éclairait encor l'âtre,
Avec un rire amer le Breton le saisit
Et sans trembler, jeta la flamme sur son lit.

Le manoir s'alluma des fondements au faîte.....
Alain pour contempler l'horreur qu'il avait faite,
S'assit et regarda, farouche moissonneur,
Avec les flammes d'or s'envoler son bonheur.

Lorsque tout fut fini, lorsque l'aurore blonde,
Comme uue fleur des mers s'épanouit dans l'onde,
Un fusil à la main, seul, quittant sa maison,
Alain de Quénécan partit vers l'horizon.

III

Midi, le ciel flamboie et la terre tressaille,
Mille feux répétés éclairent la broussaille,
Les Bleus, malgré leur nombre, environnés, surpris,
N'ayant pu résister, s'en vont... le bourg est pris.
Alain de Quénécan s'élance dans les rues,
Le sabre au poing, cherchant les troupes disparues;
Mais tout a fui.
Pourtant, d'un regard sourcilleux,
Il voit le pavé morne étoilé d'habits bleus;
Et dans tous les ruisseaux aux ondes cristallines
Le sang des ennemis descendre les collines.
Parfois il aperçoit au sein des gazons verts,
Les cervelles sortant des crânes entr'ouverts...
Il est triste en foulant cette horrible pelouse;
De ses souhaits vengeurs la mort semble jalouse,

Il voudrait posséder vivants ses ennemis.
Alain a maintenant oublié ses semis,
Ses moissons de froment, ses vendanges de pommes,
Dans les champs de la mort il moissonne les hommes.

Tout à coup ses soldats débouchant des sentiers,
Conduisent jusqu'à lui quarante prisonniers
Que l'ivresse aux Chouans seule avait pu réduire.
En les voyant, Alain eut un sombre sourire :

« C'est bien, les gars, dit-il, formez vos pelotons,
Puis, placez dans vos rangs ces hommes et partons ! »

IV

La colonne marchait sous les sombres arcades
Des forêts, évitant les traîtres embuscades,
Longeant les chemins creux, s'arrêtant par endroits
Au sein d'une clairière ou bien au pied des croix
Que Satan n'avait pas encore renversées.
Les Chouans, l'œil au guet dans les landes pressées,
S'avançaient sous l'éclair des piques et des faux
Attentifs au péril. — Tandis que les oiseaux
Joyeux, insouciants des discordes humaines,
Chantaient et s'ébattaient dans leurs riants domaines.
Les prisonniers, les poings garrottés, le front bas,
Allaient se demandant ce qu'ils feraient... là-bas !

De leur sort incertain l'attente était horrible.
Ils marchèrent longtemps sous le regard terrible
D'Alain qui les comptait parfois en murmurant.
Vers quel lieu marchait-on? Nul ne savait. — Pourtant
Lorsque le soir monta sur la voûte éternelle,
On put apercevoir la petite chapelle
Qu'entouraient des tombeaux, puis l'antique manoir
Dont les tristes débris formaient un amas noir.

Le soleil, à cette heure où règne le mystère,
Sombrait dans le couchant, l'ombre gagnait la terre
Et donnait des reflets d'opale aux épis mûrs.
La colonne franchit d'abord les larges murs
Du jardin et bientôt apparut tout entière
Dans l'espace exigu du petit cimetière ;
Puis, passant un terrain de ronces obstrué,
S'arrêta sur un sol fraîchement remué.

Mais tout à coup Alain pousse un grand cri : Marie !

Dans le champ de repos couvert d'herbe flétrie,
Sous la croix d'un tombeau dormait un enfant blond,
Son visage était rose et calme était son front;
Son cœur semblait heureux malgré son sort étrange,
Car un divin sourire ouvrait ses lèvres d'ange;
Et le dernier rayon qui tombait du soleil,
Enveloppant Marie en un nimbe vermeil,
Semblait la protéger pour la rendre à son père.

Ciel... terrible autrefois et maintenant prospère !
Alain ivre d'amour et saisissant l'enfant,
La pressa sur son sein d'un baiser étouffant,
Comme fait le lion étreignant une proie...
Sans voir le vieil abbé qui souriait de joie.

Lorsque le lendemain, de son char glorieux,
L'aurore illumina l'azur brillant des cieux,
Elle vint éclairer un superbe spectacle.
Le cimetière était transformé par miracle.
Les ifs et les cyprès chantaient remplis d'oiseaux,
Un gazon verdoyant encadrait les tombeaux.
D'armes, de prisonniers, de sang... pas une trace,
Des fleurs, des fleurs partout...
Alain avait fait grâce !

LES TOURTERELLES.

Je connais des oiseaux charmants
Jamais cruels, jamais moroses;
Leurs yeux semblent des diamants,
Leurs pieds sont noirs et leurs becs roses;
Dans les taillis ou sur le front
D'un chêne, ils tressent leurs nids frêles...
Ces oiseaux ravissants... ce sont
Les tourterelles.

Tous les ans fuyant les frimas
Pour une atmosphère plus chaude,
Elles regagnent nos climats
Quand le gazon est d'émeraude;
Alors, effleurant d'un vol sûr
Les clochetons et les tourelles,
On voit se jouer dans l'azur
Les tourterelles.

Leur cœur fragile est un foyer
Qui contient des flammes intenses...
J'ai souvent au pied d'un noyer,
Surpris leurs tendres confidences.
Dieu leur épargne un dur trépas
Par des lois qui sont immortelles,
Car le chasseur ne poursuit pas
Les tourterelles.

Et qu'il soit tendre ou bien jaloux,
Le tourtereau pour sa compagne,
A parfois des accents si doux
Que le pêcheur quand il regagne
Le long des berges son séjour,
S'arrête sur les passerelles
Pour écouter le chant d'amour
Des tourterelles.

Pas de soucis, pas de chagrin;
Leurs yeux ne guettent pas de proie
Ayant toujours assez du grain
Que le Créateur leur envoie.
Que je voudrais tout près des cieux,
Du monde fuyant les querelles,
Posséder un nid comme ceux
Des tourterelles.

LA CROIX DE ROSSMOR

PREMIER CHANT

LES SOUPÇONS.

Qu'elle est belle, ce soir, la vallée où s'endort
Dans ses blanches maisons, le village d'Angort!
Deux coteaux s'empourprant sur leurs cimes fleuries,
Glissant en bois épais jusqu'au sein des prairies,
Contre les ouragans lui servent de remparts;
Le cristal d'un ruisseau la divise en deux parts.
Une brume d'azur plane et s'étend sur elle.
Le sommeil, cheminant sous la voûte éternelle,
Dans les feuilles des bois que l'ombre vient brunir,
Emprisonne à la fois les oiseaux, le zéphyr.
Celui-ci, savourant les charmes du silence,
Sous les rameaux révèle à peine sa présence

Par un léger frisson qui, dans les airs muets,
Soulève en l'ondulant le dôme des forêts.
Sur l'univers, la nuit mélancolique et pâle
Baigne les astres d'or dans ses lueurs d'opale,
Et la lune qui semble un cygne lumineux,
Glisse paisiblement sur l'océan des cieux.

Mais voici que foulant les tapis de verdure,
Deux êtres radieux, animant la nature,
S'avancent lentement et, se donnant la main,
Des rives du ruisseau font leur riant chemin.

L'un est un chevalier et l'autre est une femme.
Le jeune homme est robuste et droit comme une lame.
Sa cotte aux mailles d'or entoure et fait briller
Sa taille souple et forte ainsi qu'un peuplier.
Un ceinturon orné de rares pierreries
Et brodé d'écussons portant ses armoiries,
Ceint ses reins et soutient, pour lui prêter conseil,
Une hache d'acier au manche de vermeil.
Un casque ciselé défend sa tête altière
Et porte pour cimier une énorme Chimère
Qui, semblant s'élancer au rivage éternel,
Ouvre ses ailes d'or en regardant le ciel.
Des cheveux d'un blond fauve encadrent son visage
Dont l'air mâle s'accorde à des traits d'un autre âge,
Et qui, livré sans cesse à la bise des flots,
Est hâlé comme l'est celui des matelots.

Sa compagne est aussi d'une taille élancée,
Et la grâce embellit sa marche cadencée.
L'aile du séraphin, qui, dans les nuits d'été,
Ouvre aux astres des cieux leur palais argenté,
N'efface pas l'éclat de cette chevelure
Dont les tresses d'ébène atteignent la ceinture.
Son visage est songeur; à demi clos, ses yeux,
Ombragés de longs cils, lancent des reflets bleus,
Et dans leurs profondeurs contiennent des pensées
Que sa bouche aux mortels n'a jamais exprimées.
Son front, où la candeur virginale reluit,
Pâle comme le marbre est glacé comme lui.

Les deux amants, au bord d'une haie odorante,
Suspendent un instant leur course nonchalante,
Et le jeune guerrier répand avec douceur
Les paroles d'amour dont ruisselle son cœur.

« Mon Armelle, dit-il, je t'avais attendue
Hier, sous les tilleuls, et tu n'es pas venue :
Pourquoi, dans les tourments, m'as-tu donc fait [languir?

— Dual, mon bien-aimé, tu sais que, pour venir,
Il faut m'aventurer sur les flots de la baie;
Hier, le vent du sud, dont le nocher s'effraie,
Et qui porte en ses flancs l'âme errante des morts,
S'étant levé, soudain, a soufflé sur nos bords.
J'ai craint de me briser le soir sur une roche.

— C'est juste, et je retire un sévère reproche;
Qu'ai-je à dire, en effet? Ne suis-je pas heureux
De te voir près de moi combler mes plus doux vœux,
Plus tendre qu'au moment où je t'avais quittée,
De mon sort incertain, tremblante, épouvantée,
Aussi bonne, aussi pure et plus belle à mes yeux
A l'heure du retour qu'à l'heure des adieux.
Pourtant on m'avait dit que sous l'onde en furie
Je trouverais la mort bien loin de ma patrie,
Je voudrais qu'il nous vît tous deux dans ces moments
Ce Tanguy, ce sorcier, jaloux de nos serments;
Il croyait m'empêcher de partir, mon Armelle,
Et disait : « Ton amante est volage, infidèle! »
Il t'insultait, bijou qui t'es gardé pour moi. »

A ces accents, la vierge eut un frisson d'effroi.

« Oh! ne me parle pas de cet être sauvage,
Dit-elle, tu ne sais quels malheurs il présage,
Car depuis plusieurs jours, s'obstinant sur mes pas,
Je le trouve partout où je ne le crois pas.
Souvent je le rencontre au fond d'une avenue,
Me fixant d'un regard dont je me sens émue,
Peut-être, reprenant ses instincts d'autrefois,
Va-t-il nous épier dans l'ombre de ces bois!
Viens, Dual, égarons nos pas dans la prairie,
Son œil ne peut nous voir dans la brume épaissie;
Et nous respirerons, près des flots ralentis,
La senteur des glaïeuls et des myosotis. »

Les amants, reprenant leur course aventurière,
Du bois silencieux quittèrent la lisière :
Lorsqu'ils eurent foulé les fleurs du pré charmant,
Tout en dissimulant l'intime tremblement
Et les tristes pensers dont son âme était pleine,
Armelle prit le bras du jeune capitaine.

« Maintenant, mon Dual, loin des sombres forêts,
Nous sommes à l'abri des regards indiscrets,
Notre trace en ces lieux ne peut être suivie,
Déroule devant moi l'histoire de ta vie,
Du jour où, désolée, au seuil de ma maison,
Je vis s'évanouir ta voile à l'horizon.

— Ah ! répondit Dual, de bien longues années,
Depuis ce triste jour, se sont amoncelées,
Je m'en souviens pourtant comme aujourd'hui d'hier ;
Le ciel funèbre et noir assombrissait la mer,
Le vent dans les sapins hurlait avec furie,
Nous étions seuls tous deux, émus, l'âme attendrie,
Ange ! tu te serrais contre moi, tu pleurais....
N'est-ce pas?
— Oui, Dual, je m'en souviens....
[Après!

— Devant la grande église ouverte nous passâmes,
Je compris ton désir, Armelle, et nous entrâmes
Pour faire une prière, et là, près de l'autel,
Tu me fis à genoux un serment solennel :

Si j'avais sur les flots l'existence ravie,
Au service de Dieu tu consacrais ta vie.
Mais, la mort qui souvent, brise les cœurs heureux,
Loin de nous séparer, me conserve à tes vœux.
Hier, je suis entré dans cette même église,
Doux témoin de la foi que tu m'avais promise,
Et les anges de marbre à genoux sur l'autel,
Semblaient me conserver ton serment éternel. »

Ici, la jeune fille eut un sourire pâle
Comme les blancs rayons de l'aurore hibernale :

« Laissons le souvenir des choses d'autrefois,
Dit-elle, j'aime mieux connaître tes exploits.

— Eh bien !... Je naviguais en des mers inconnues,
Recherchant ma fortune et ma gloire perdues,
Sans souci des périls dressés sur mon chemin,
Car j'avais avec moi ton amour ! mon destin !
De mon sang, de mes jours, je n'étais pas avare,
Luttant contre les flots et contre le barbare,
J'entrais en souriant dans ces combats affreux;
Je savais qu'au milieu des coups aventureux,
Mieux que les boucliers que nous forge la terre,
J'avais pour me garder l'acier de ta prière,
Et je me souvenais qu'un soir, au bord de l'eau,
Ta blanche main avait béni mon fier vaisseau.
Comme je te sentais près de moi, mon Armelle,
C'est ce qui t'a gardé mon cœur, aimant, fidèle.

Lorsque mon nom, porté par les brises des cieux,
Sur tous les océans créait des envieux,
J'avais à supporter, dans des moments paisibles,
Des assauts plus pressants, des luttes plus terribles
Que ceux qu'aux matelots livrent les éléments,
Car ce sont les combats où sombrent les serments.
Mes succès éclatants naissaient de mon courage,
Et ma vertu venait de cette sainte image
Que tu m'avais donnée et que souvent, pour nous,
A l'heure du danger j'invoquais à genoux.
Ainsi j'ai terminé l'histoire de ma vie,
C'est à toi maintenant! Contente mon envie
De savoir ton passé, tes soucis, ton bonheur,
Et dévoile à mes yeux les secrets de ton cœur.

— Moi, je n'ai pas ouvert ma voile aux aventures,
Dual, mais j'ai subi de cruelles tortures;
Il s'en est peu fallu qu'un bien malheureux sort
N'ait livré loin de toi ma jeunesse à la mort.

— La mort! toi dont la vie est à peine à l'aurore.
Si l'amour que l'on porte aux êtres qu'on adore,
Brisant la faux du temps, ajoutait à leurs jours,
Tu serais immortelle! Oh! reprends ton discours!
Tes tourments, dis-les moi, je veux tous les entendre,
N'ayant pu me trouver ici pour t'en défendre.

— Qui l'aurait soupçonné? Dual à ton départ,
Les enfants d'Albion vinrent de toute part;

Tu les connais : leur haine ardente, héréditaire,
S'assouvit longuement sur notre pauvre terre.
Le jour, ils égorgeaient nos défenseurs défaits,
Et, la nuit, l'incendie éclairait leurs forfaits. [l'ombre,
Honte ! Ces meurtriers tramaient leurs coups dans
Ils avaient tout pour eux, la puissance et le nombre,
Et nul bras en ces temps ne nous vint secourir.
Ils pillaient, ils brûlaient, que faire, hélas ! mourir :
On mourait. La plupart, abandonnant la ville,
Allaient au fond des bois pour chercher un asile ;
Qui s'endormait le soir ne se réveillait pas ;
Leur fer versait le sang, la mort suivait leurs pas.
Insensés ! ils faisaient, les mains de sang rougies,
De nos vases sacrés la coupe des orgies ;
Le vin, coulant à flots, souillait les saints parvis,
Le démon leur riait dans l'ombre.... Et quand je vis
Ces monstres massacrer mes frères, puis mon père,
Joyeux, traîner son corps, étendu sur la terre,
Dans les ruisseaux fangeux souiller ses cheveux blancs,
Et ma mère râler sous leurs talons sanglants,
Ma main trop faible, hélas ! tressaillit d'impuissance,
Les bras levés au ciel, je m'écriai : Vengeance !
Et le ciel m'entendit, mais ce fut la pitié
Dont l'aile environna mon cœur sacrifié.
Madame de Lesvart, parente de ma mère,
Chez elle me reçut dans cette épreuve amère,
Et, pleurant avec moi mes immenses douleurs,
De sa main bienfaitrice elle essuya mes pleurs.

— Écoute, Armelle, enfants de la même misère,
Le sort nous a sacrés, toi ma sœur, moi ton frère;
Le malheur, à côté de l'amour qui bénit,
Dans un lien sanglant à jamais nous unit;
Tu sais combien mon sang nourri de fortes haines,
Au seul nom des Anglais bouillonne dans mes veines;
Et pourtant ton récit, qui vient de m'attendrir,
En meurtrissant mon cœur, l'inonde de plaisir.
Sais-tu bien quel bonheur dans l'âme vient éclore,
Lorsque l'on peut donner aux êtres qu'on adore
Tous les biens que soi-même on a su leur glaner,
Et que ces êtres chers ne peuvent nous donner.
Vois-tu le moissonneur, courbé sous sa faucille,
Courir au nid charmant qui cache sa famille,
Quand le soir, l'inondant de sa rouge lueur,
Porte, comme un sourire, un terme à son labeur.
Il pénètre bientôt sous l'humble toit de chaume
Qu'il ne changerait pas pour tout l'or d'un royaume,
Et, sur la table, il met l'argent et le pain bis
Que son rude travail a vaillamment conquis.
Comment rendre sa joie et son ivresse austère,
Quand il voit ses enfants, son épouse, sa mère,
S'enrichir de santé, de joie, et prospérer,
Par les nombreux bienfaits qu'il sait leur préparer!
Car, vois-tu, l'amour veut qu'on donne sans mesure
Toutes choses et soi, sans retour, sans murmure.
Le païen dit : aimer c'est désirer du bien.
Le chrétien : c'est en faire, et je crois le chrétien.

Va, le Seigneur nous aime, et sa bonté sur terre
Même en ses châtiments, se trouve tout entière,
Car, bien qu'en forçant l'homme à vivre de labeur,
Il change cette peine en source de bonheur.
Aussi je sens mon cœur, fils de sa Providence,
Se fondre de respect et de reconnaissance,
Lorsque je vois combien, seul parmi mes rivaux,
Il veilla sur mes jours et bénit mes travaux.
D'ailleurs, lève les yeux, juges-en par toi-même,
Vois si je puis t'offrir un riche diadème.....
Nous sommes arrivés sur les bords de la mer. »

En effet, les coteaux dressant vers le ciel clair
Leurs fronts chauves, couverts çà et là de mélèzes,
S'arrêtaient brusquement pour former les falaises.
Alors les jeunes gens gravirent lestement,
En se donnant la main, les dunes que le vent
Entasse nuit et jour d'un souffle intarissable,
Faisant au Morbihan sa ceinture de sable;
Et là, sur le plateau, s'arrêtèrent tous deux,
Admirant le tableau qui s'offrait à leurs yeux.

Le beau golfe étendait sur un immense espace
Ses vagues d'un bleu sombre, et sa vaste surface
Des astres reflétait les magiques lueurs;
Les îles, qui semblaient des corbeilles de fleurs,
Dressaient au sein des flots leurs arbres, leur verdure,
Et l'écho de leurs bords avait un doux murmure.

Les courlis, couronnant la tête d'un récif,
Annonçaient leur présence avec un cri plaintif.
Ondulant les contours de ses pentes superbes.
La dune environnait, ou blanche ou verte d'herbes,
Le golfe dans lequel trois vaisseaux éclatants
Dormaient et ressemblaient à des oiseaux géants.

« Regarde, dit Dual à sa belle compagne,
Ces vaisseaux, comme nous, enfants de la Bretagne;
D'innombrables trésors y gisent renfermés,
Et le fier pavillon dont les plis animés
Palpitent au sommet de leur mât de misaine,
Porta dans l'univers mon implacable haine,
Et l'éclat glorieux qui s'attache à mon nom.
Eh bien! cette grandeur, ces trésors, ce renom,
Tout cela c'est à toi : je n'y tiens en ce monde
Qu'en rêvant au bonheur que notre amour y fonde.
Je puis te le jurer, ces objets précieux,
Pour moi ne valent pas un regard de tes yeux.

— Ton cœur est bon, Dual!

— Je t'adore, ô mon ange,
Et ne mérite pas l'encens de ta louange,
Car être bon, pour moi, contenter ton désir,
N'est pas une vertu, mais le plus doux plaisir.
Laissons donc loin de nous ces côtés de la vie,
Conversons des pensers dont notre âme est ravie,

Goûtons de nos deux cœurs les aspirations.
Cette ombre, cette nuit m'inondent de rayons. »

Et les amants émus s'assirent sur la dune
Dont le sable s'argente aux rayons de la lune,
Parmi les mille œillets dont le parfum charmant
Embaume nuit et jour les bords de l'Océan.

Mais la vierge, bientôt, voulant quitter la grève,
De sa couche de fleurs doucement se soulève.
Dual devient songeur, et, saisissant la main
De la vierge, il lui dit :
« C'est un affreux destin
De se quitter ainsi, lorsque dans un beau rêve
Nous trouvons pour nous deux l'éternité trop brève ;
Mais c'est la loi du sort, il faut donc s'y plier,
Et tu vas regagner ton toit hospitalier.
Pourtant, pardonne-moi ce que je vais te dire,
La jalousie en moi s'agite et me déchire,
Je ne soupçonne pas l'ardeur de ton amour,
Non, mais un sentiment, comme un sombre vautour
Plane sur mon esprit et subjugue mon être,
Il me captive enfin et je n'en suis pas maître...
J'ai toujours ton serment, Armelle, et l'anneau d'or
Que ta main me donna, je le possède encor,
Mais le mien ?... tu pâlis, tu sembles inquiète,
Comment ! ma question serait-elle indiscrète ?

— Quoi ! dit la jeune fille abandonnant le bras
De Dual, je pâlis !... tu railles, n'est-ce pas ?

Ou bien cela viendrait de la tristesse extrême
Que j'éprouve à quitter le seul être que j'aime,
L'anneau, de notre amour le gage et le témoin,
Est demeuré chez moi captif en son écrin.
Mais, dit-elle soudain de sa voix argentine,
Ne vois-je pas Gontran descendre la colline
Et s'avancer vers nous ? »
Par les sentiers herbeux,
Un jeune homme, en effet, se dirigeait vers eux.
Il était grand et svelte, et pourtant aussi frêle
Que le flexible mât d'une alerte nacelle.
Ses cheveux, atteignant au col son justaucorps,
Dans leurs boucles d'ébène avaient des lueurs d'or.
Son visage aux traits purs offrait le beau mélange
D'une mâle énergie et d'une douceur d'ange.
Un large feutre, orné d'une plume de paon,
Rendait de sa beauté le charme plus frappant,
Et sur sa hanche gauche, en son manteau drapée,
Résonnait fièrement une superbe épée,
Qui, dans tous ses périls, avait pris large part.

Ce jeune chevalier est Gontran de Lesvart,
Dont la mère accueillit Armelle en sa détresse,
Et lui voua, dès lors, la plus vive tendresse.

Quand les deux jeunes gens, l'un vers l'autre venus,
De leurs regards joyeux se furent reconnus,
Leur vue ouvrant en eux l'amitié presque éteinte,
Ils se tinrent longtemps dans une forte étreinte.

« Ah ! que je suis heureux de te revoir, Dual,
Dit Gontran ; je croyais que le destin fatal
Suivant sur l'Océan ta route périlleuse,
Avait mal terminé ta course aventureuse ;
Mais que Dieu soit béni ! puisque son soin jaloux
A, malgré les périls, voulu te rendre à nous. »

Dual eut un sourire où perçait l'ironie :

« Va, ne crains rien, dit-il, au sujet de ma vie,
Si du sein des combats je me suis échappé,
C'est que l'acier fatal n'est pas encore trempé.
Du reste, on m'a prédit un destin tout contraire,
Il paraît que les flots sont chargés de l'affaire. »

Ils causèrent ainsi pendant quelques instants,
Et Gontran ayant dit que des marins prudents
Veillant sur son bateau sous la pente boisée,
Allaient conduire Armelle à la rive opposée,
Il fallut à regret se quitter en ce lieu,
Et pensant se revoir, chacun se dit adieu.

Dual, donc, salua très froidement Armelle,
Pour mieux cacher l'ardeur qui l'entraînait vers elle ;
Et faisant quelques pas encor sur le chemin,
De Gontran il serra cordialement la main.

Tout à coup il rougit, son austère visage
S'assombrit et son œil eut un éclair de rage :
Son anneau d'or... le sien... avec son diamant,
Maintenant scintillait à la main de Gontran.

DEUXIÈME CHANT

LA CERTITUDE

Un vieux manoir assis au flanc d'une colline,
Sous un toit délabré qui fléchit et s'incline,
Dans l'épaisseur des bois cachait sa pauvreté.
Des Esprits seulement il semblait habité.
A ses dimensions, à son architecture,
Aux lézardes, aux trous ouverts à la froidure
Et qui servaient d'asile aux amours des oiseaux,
Le lierre en grimpant tressait d'épais rideaux;
Une muraille immense et par endroits détruite,
D'un parc de cent arpents entourait la limite.
Ce jardin merveilleux, où le génie et l'art
Dirigeant la nature, étalaient au regard

Le spectacle enchanteur d'un océan de roses,
Maintenant reconquis par la force des choses,
Se livrait tout entier aux caprices du sol.
Les grands arbres, échos des chants du rossignol,
Élevaient dans les airs leurs branchages énormes
Et l'herbe envahissait les parterres informes.
Les arbustes naissants, croissant comme au hasard,
Abritaient le serpent, les pierres, le lézard,
Car la terre longtemps veuve de la culture
Que l'homme intelligent impose à la nature,
Retourne sans mesure aux livides poisons,
A l'âpre ivraie, ainsi que l'âme aux passions.

C'était là, cependant, que notre capitaine
Venait se reposer de sa course lointaine,
Autour de lui la mort ayant fait le désert,
Cet abri dépeuplé seul lui restait ouvert.

Il avait près de lui, dans ce manoir rustique,
Deux rudes serviteurs nés au soleil d'Afrique,
Mais quand s'il en allait par les monts et les champs,
Il était toujours seul.

Dans ces lieux ravissants,
Dans ces bois, où s'était éclose son enfance,
De riants souvenirs lui parlaient d'espérance;
Et l'écho du passé chantant son avenir,
Son esprit déjà mûr se sentait rajeunir.
Parfois, par les sentiers de chênes et de hêtres,
Il allait visiter les amis des ancêtres,

Qui joyeux de le voir, dans leurs longs entretiens,
Faisaient revivre aussi la mémoire des siens.
Parfois encor, songeant aux pauvres dont sa mère
Endormait la douleur, soulageait la misère,
Il passait à leur seuil, prodiguant les secours,
Écoutant leurs récits, les consolant toujours.

Et cependant, depuis la dernière entrevue
Qu'au bord du Morbihan paisible, il avait eue
Avec sa bien-aimée, un vague sentiment
Inondait son esprit de crainte par moment.

Un soir Dual surpris par la foudre et l'orage,
S'empressa de gagner son tranquille ermitage,
Car la pluie à longs flots ruisselant du ciel noir,
Sur le dôme des bois et le toit du manoir
Crépitait.
Il s'assit sous une cheminée
Dont le manteau portait sa couronne herminée,
Et là, devant la flamme et le front dans la main,
Il laissa son esprit songer à son destin :

« C'est étrange, dit-il, mais plus je me rappelle
Les plus petits détails du froid accueil d'Armelle,
Plus aussi je le trouve indifférent, banal.
Quel air embarrassé! quel abord glacial!
Quoi! me revoir après une si longue absence,
Après m'avoir quitté dans un amour immense.

Pas un élan subit, pas un cri, pas un mot
Qui dans son cœur de marbre éveille un faible écho !
Quel changement !... Et puis ma bague précieuse
Que Gontran étalait à sa main orgueilleuse !
M'aurait-elle menti ?... Non, je me suis trompé,
Son esprit d'autre chose était préoccupé ;
Toute bague, d'ailleurs, à la mienne ressemble !
Certes je devrais rire et chanter... et je tremble...
N'ai-je pas son serment ? »
Et quittant son fauteuil,
Dual, le sein gonflé de souffrance et d'orgueil,
Parcourut à grand pas la salle solitaire.

« Que me font, après tout, les serments de la terre
Dit-il, et que me fait qu'elle se donne à moi,
Si son cœur me trahit, si Gontran a sa foi ?...
Pauvre Armelle !... Je t'aime et je te calomnie,
Je sens combien ton âme à la mienne est unie.
Je m'en vais enchanter pour toi ces lieux, je vais
De ce triste manoir faire un riche palais.
Que ce parc délaissé qui le cerne et le mure,
Joigne aux beautés de l'art celles de la nature,
Et, charmant les regards d'un aspect radieux,
Se transforme et devienne un jardin merveilleux ! »

Dual fit donc venir un homme de science...
Bientôt tout fut changé par sa munificence.
Mais le fatal soupçon germait dans son esprit,
Poursuivant son repos et le jour et la nuit,

Et sans cesse des pleurs montaient à sa paupière.
L'imagination qu'il aimait tant naguère,
Évoquait à ses yeux de sinistres tableaux
Peints du sang répandu de son cœur en lambeaux.
Il voulait les chasser, mais des forces sauvages,
Intimes, l'attachaient à ces sombres images.
Le forçaient à les suivre et puis à s'émouvoir,
S'il trouvait dans leur sein la menace ou l'espoir.
Peut-être sentait-il le réel de son rêve?
Souvent le lionceau que le chasseur élève
Et qu'il ne peut nourrir étant devenu fort,
Est voué par son maître aux horreurs de la mort.
Le jour fatal où doit sonner sa dernière heure,
Errant par les réduits de la sombre demeure,
Il trouve sur ses pas le couteau du chasseur.
Dans ses griffes d'acier où siège sa vigueur,
Il le roule, il le prend comme il fait d'une proie,
Le retourne et savoure une dernière joie
A lutiner avec le fatal instrument,
Qui, tourné contre lui, va causer son tourment.
Ainsi Dual trouvait une âpre jouissance
A rouler dans son cœur inondé de souffrance,
Les sinistres pensers qu'y versait son amour.

Dans les excursions qu'il faisait dans le jour,
Il aimait à venir sur la terre adorée
Où la première fois il vit sa fiancée.

C'était au haut d'un mont un plateau nu, désert,
Un menhir au milieu, de mousse recouvert,
Comme un penseur profond cherchant la solitude,
Élevait vers le ciel sa tête sombre et rude.
Des sources y donnaient naissance à des ruisseaux,
Qui, sur un sable d'or roulant leurs claires eaux,
S'enfuyaient en chantant dans la bruyère rose
Et les massifs de houx que leur cristal arrose,
Pour féconder les prés qu'ils émaillaient de fleurs.
Un air salubre et vif régnait sur ces hauteurs
Et la vue à travers l'atmosphère éclairée,
Planait sur le village et toute la contrée.

Or, un jour qu'il avait gravi le cher plateau
Dont l'aspect chaque jour lui paraissait nouveau,
Il vit près du menhir une jeune bergère
Qui songeait étendue au sein de la bruyère;
Et cette enfant tenait entre ses brunes mains
Plusieurs feuilles de houx, qu'en d'étranges desseins
Elle effeuillait avec les fleurs de la verveine.

« Que fais-tu là, Fantick? lui dit le capitaine. »

Fantick leva sur lui son regard clair et bleu
Et rougit doucement en faisant son aveu,
Elle dit :
« Je veux voir si mon cousin, mon Pierre,
M'a gardé loin de moi son âme tout entière;
A chacun des piquants de la feuille de houx
Je donne un sens tantôt pénible et tantôt doux.

Au dernier des piquants seulement je m'arrête :
Mais toujours dans ces jeux je me sens inquiète,
Ce que dit le piquant est toujours incertain,
Je ne puis pas fixer sûrement le destin.
Selon la feuille il change et je me désespère. »

Dual reprit :
« Fantick, tu l'aimes donc, ton Pierre?

— Je l'aime, oui, beaucoup, mais Pierre m'aime-t-il?
Le pays dans lequel il choisit son exil
Est d'ici, de mon cœur, distant de bien des lieues ;
Un soir il s'en alla vers les collines bleues
Et depuis ce temps-là je l'attends chaque jour.

— Mais tu dois être heureuse ayant toujours l'amour ?

— Loin de mon fiancé l'amour n'est qu'une peine,
Fit-elle en regardant le jeune capitaine,
Si vous avez aimé vous devez le savoir.

— J'aime encore Fantick, mais l'ange de l'espoir
Chasse de mon esprit le souci qui l'assiège
Et mes jours à l'amour, comme au soleil la neige,
Fondent en me laissant tranquille et radieux.

— Oui, mais il est des jours plus tristes sous les cieux
Où je préfèrerais n'avoir pas connu Pierre,
Où j'aimerais bien mieux courir sur la bruyère

En ne pensant à rien qu'à chanter des chansons
Ou bien à dénicher l'oiseau dans les buissons.

— Non, garde, dit Dual, tes douces rêveries,
Va, tu l'épouseras, celui pour qui tu pries,
Tiens voici quelque chose, enfant, pour lui donner
De ma part, pour ta noce... ouvre ton tablier. »

La bergère l'ouvrit et le fier capitaine
Jeta des pièces d'or dans l'humble drap de laine.

Fantick, la blonde enfant, muette de stupeur,
D'un long regard troublé par la joie et la peur,
Vit Dual s'éloigner vers la forêt brunie
Et crut naïvement que c'était un Génie,
Qui, prenant en pitié son amour malheureux,
Venait soudain combler les plus chers de ses vœux.

Durant les jours suivants Dual sortit à peine ;
D'un vague désespoir son âme semblait pleine,
Et ses âpres soupçons, présages de malheur,
Éveillaient en son être une sourde douleur.
Soudain il résolut d'aller trouver Armelle,
Désirant s'expliquer franchement avec elle.
Un de ses serviteurs se rendit à Lesvart
Afin de lui porter un pli, qui, de sa part,
Lui donnait rendez-vous dans une des clairières
Du bois, le lendemain.
De ses tristes chimères

Un instant soulagé, Dual devint heureux.
Il alla visiter le palais merveilleux
Qui devait s'élever dans des jardins fertiles,
Et qu'au milieu du parc des ouvriers habiles
Venaient de commencer.
Il réunit le soir
Dans un joyeux festin ses amis au manoir,
Et ce dernier repas dans la vieille demeure,
Dora dans la gaieté le vol sombre de l'heure.
Le reste de la nuit fut un charmant sommeil
Où Dual se berça dans un songe vermeil.

A son réveil Dual crut qu'il rêvait encore;
Le ciel était si pur et si rose l'Aurore,
Que son esprit ravi sur le seuil d'un beau jour,
En conçut de l'espoir pour son ardent amour.
Il descendit bientôt au parc.
La matinée
Qui faisait scintiller l'herbe diamantinée,
Pour ses yeux alanguis n'avait aucun attrait.
Hélas! il pensait trop à celle qu'il aimait.
Ne pouvant résister à son impatience,
Il eut bientôt franchi les murs du parc immense,
Et par les prés témoins de ses jeux d'autrefois,
Il prit le gai sentier sentier qui conduisait au bois.

Soudain il entendit comme un léger murmure :
Levant la tête il vit, marchant sous la ramure,

Enlacés l'un à l'aure, Armelle avec Gontran.
Surpris, il hésita, confondu, palpitant.

Tout à coup une idée indigne de son âme
Traversa son cerveau comme une sombre flamme :

« Allons, s'écria-t-il, après tout, j'aime mieux
Apprendre mon destin de leurs propres aveux,
Que rester indécis dans l'attente cruelle
Que me font endurer les mensonges d'Armelle. »

Aussitôt il marcha vers les taillis fourrés
Au fond desquels Gontran, Armelle étaient entrés.

Le chemin ténébreux qu'il fit sous le feuillage
Fut vite parcouru, car bientôt le langage
Des jeunes gens cachés sous les rideaux épais.
S'éleva bien distinct dans l'ombre des forêts.

Dual, sous un gros chêne aux branches verdoyantes,
Se tapit écoutant les paroles suivantes :

« Ingrate, dit Gontran, quoi! j'ai sauvé tes jours!
Quoi! je te prodiguai les plus tendres secours,
Je t'ouvris avec joie un asile où l'on t'aime
Afin de soulager ta détresse, et quand même
Je n'eusse rien donné, me fiant sur ta foi... »

— Silence, dit Armelle, ah! par pitié tais-toi!

— Non, j'ai trop écouté tes promesses damnées,
J'ai vécu de ta vie et pendant deux années,
Enchaîné par ta foi comme au milieu des fers,
J'ai refusé des cœurs qui tous m'étaient offerts.
Tu le voyais!...

— Gontran, vous êtes bien coupable
De me parler ainsi lorsque le sort m'accable.
Je ne m'appartiens plus, car un serment fatal
M'arrache de vos bras et me rive à Dual.

— Armelle, quand l'amour a germé dans nos êtres,
Lorsque de ses transports nous étions encor maîtres,
Pourquoi donc le pousser à l'adoration
Alors que vous pouviez rompre notre union,
Alors que vous saviez qu'avant même une année
Vous devriez d'un mot briser ma destinée?
Je vous aurais quitté si vous me l'aviez dit,
J'aurais pu l'étouffer, moi, cet amour maudit!
Mais non, vous avez fait et nourri l'incendie,
Pour savourer le fruit de votre perfidie,
Pour me voir de douleur expirer à vos yeux.

— O Gontran, vous si grand, si bon, si généreux,
Vous devriez savoir ce que souffre mon âme;
Et ne pas ajouter le feu de votre blâme
A mes déchirements.

— Adieu donc pour jamais!
Fit Gontran s'élançant vers les taillis épais
Et frappant de sanglots l'écho de la charmille.

—Gontran!... Ah!... mon Gontran, cria la jeune fille,
Reviens, je suis à toi, je t'aime éperdument!...
Reviens!... »
Alors Dual se leva doucement
Et sa main vacillante écarta le feuillage...
Il aperçut Armelle et Gontran sous l'ombrage,
Rougissants de plaisir, souriants et joyeux,
Et les mains dans les mains et les yeux dans les yeux.
Ils ne se parlaient pas. Dans l'extase suprême,
L'âme a peur de laisser échapper d'elle-même
Une goutte, un seul mot de son amour profond.

Pourtant la jeune fille, en relevant le front,
Put alors distinguer, entre les feuilles d'arbre,
Un visage connu, plus pâle que le marbre.
A cette vue un cri sonore et déchirant
S'échappa de sa bouche, et saisissant Gontran,
Ils s'enfuirent tous deux dans la forêt profonde!...

Dual les vit s'enfuir!... Il était seul au monde.
Le front vide, brisé, sans force et sans espoir,
Il s'assit sur le pied du grand chêne au tronc noir,
Et dans ses rudes mains cacha sa tête nue.

« Douleur, douleur, dit-il, enfin je t'ai connue,
Jamais mon cœur loyal, sorti du cœur de Dieu,

N'avait pu soupçonner le mal sous le ciel bleu.
Ni les gémissements, ni les plaintes funèbres
Que les hommes souffrants poussent dans les ténèbres,
Ni les sueurs de sang dont j'avais vu mourir
N'avaient pu m'émouvoir... il me fallait souffrir,
Il me fallait avoir l'existence flétrie,
Sous le ciel inclément d'une ingrate patrie ;
Il me fallait goûter l'atroce et noir poison
Qu'on nomme perfidie et lâche trahison !... »

Soudain on entendit un grand éclat de rire !
Dual leva la tête où germait le délire
Et vit à quelques pas, dans un sentier battu,
Un être humain, bizarre, étrangement vêtu.
Sur des jambes de nain, sa taille était trappue,
Ses cheveux ras, sa barbe inculte et trop touffue,
Et le loup dont la peau formait son vêtement
Donnaient à son visage un aspect effrayant.

Il fit au capitaine un salut ironique
Et disparut bientôt dans la forêt celtique.

D'un bond en le voyant Dual s'était levé :

« Tanguy, murmura-t-il !... Je crois avoir rêvé !... »

TROISIÈME CHANT

SATAN.

Aux pieds d'une falaise ouverte aux vents sauvages
Que l'horizon du Nord souffle sur les rivages,
Une énorme caverne avait son seuil béant.
Les humides réduits de cet antre géant,
Creusés au vif du roc par les eaux du déluge,
Aux druides donnaient autrefois un refuge,
Et des blocs de granit sous ce dôme éternel
Pour l'holocauste humain avaient servi d'autel.

Deux êtres maintenant occupent l'étendue
De l'antre, dont l'aspect effraye encore la vue.
L'un est un pauvre enfant malingre et souffreteux,
Qui semble condamné dans un coin ténébreux

A polir de ses mains des instruments barbares
Entremêlés d'objets aux modules bizarres.
L'autre est dans la contrée un sorcier de renom
Que l'on dit un puissant serviteur du démon.

Pourquoi son œil d'acier qui rarement s'enflamme
S'est-il illuminé d'une sinistre flamme ?
C'est qu'un homme drapé dans un manteau de deuil
Du réduit infernal vient de franchir le seuil.
Son visage est couvert d'une pâleur affreuse.
Il cherche quelque temps dans la clarté douteuse,
Puis voyant le sorcier, il s'avance à grands pas.
Tanguy le reconnut mais il ne bougea pas.

« Bonjour Tanguy, fit l'homme en plaçant sa rapière
Avec son manteau noir dans le creux d'une pierre.

— Bonjour, bonjour, Dual, répondit celui-ci,
Mais dis-moi, mon enfant, qui donc t'amène ici ?

— La haine et la douleur, reprit le capitaine.

— Tu souffres, ô mon fils, raconte-moi ta peine.

« Tu la sais mieux que moi.

— Qu'importe ! tes récits
En déchargeant ton cœur éteindront tes soucis.

— A quoi bon remonter le cours de mon enfance ?
Il suffit de savoir qu'à mon adolescence,

Un soir, je rencontrai sur un plateau désert,
Un ange au front candide, à l'esprit droit, ouvert.
Nous parlâmes d'amour et quand nous nous quittâ-
[mes,
L'un et l'autre joyeux nous échangions nos âmes.
O Tanguy, je vais vite et j'effleure à dessein
Le charmant souvenir d'un passé déjà loin.
Un jour de désespoir que la fière Angleterre
A payé maintes fois, je vis mon pauvre père,
Comme un vaisseau superbe au front d'un noir écueil,
Chanceler et sombrer dans la nuit du cercueil,
Et comme on aperçoit dans la forêt prochaine
Lorque le bûcheron vient de briser un chêne,
Le lierre fragile à ses flancs attaché
Se flétrir et mourir sur le tronc desséché,
Ainsi ma mère ouvrant ses ailes sur la terre,
S'envola vers les cieux où l'attendait mon père.
Tanguy ce fut un jour terrible et douloureux
Le jour où de ma main je lui fermai les yeux. »

Le jeune homme livide et la tête baissée,
Demeura quelque temps sans voix et sans pensée,
Puis il reprit le cours du récit suspendu
Qu'un excès de douleur avait interrompu.

« Oui j'étais là perdu sur la ruine entière
De ce qu'un être humain peut aimer sur la terre,
Et pour toute fortune ayant pu réunir
Le mépris de la mort, mon bras et l'avenir

Pourtant rien ne trembla dans mon âme meurtrie;
Debout sur deux cercueils je regardai la vie,
Comme un soldat regarde un terrible ennemi,
En face, sans détour et le cœur affermi.
Mesurant mon courage à sa sombre structure
Je ne la craignis pas, Tanguy, je te le jure.
Le matin qui me vit à l'ombre des grands bois
Sur deux tombeaux prier pour la dernière fois,
Comprit que le destin avait trouvé son maître,
Il ne s'est pas trompé, je l'ai vaincu.

— Peut-être !

— Hélas ! que tu dis vrai !... Souvent des ouragans,
Des écueils, ont failli livrer aux Océans
Tous mes trésors acquis par des travaux pénibles,
Et lorsque je sortais de ces dangers terribles,
Je ne me doutais pas, revenu triomphant,
Que je me briserais sur le cœur d'une enfant.
Dans la mêlée ardente, au sein de la bataille,
Lorsque je m'élançais dressant ma haute taille,
Que de sang ennemi, joyeux je ruisselais
Et que ma hache ouvrait le crâne des Anglais,
Jamais la mort jalouse et de nos jours avide,
N'osa sur mes succès porter sa main livide ;
Non, elle préféra se traîner sur mes pas
Et me porter un coup qui ne guérira pas.

— Tout guérit ici-bas.

— Ah ! tu me fais sourire,
Vieillard, je m'y connais assez pour te le dire,
Ma blessure ne doit qu'à ma mort se fermer,
Et quand je guérirais, je ne puis plus aimer;
Tout est cendre au foyer quand la flamme est ardente,
Ainsi de mon amour la flamme dévorante
A consumé mon cœur, Tanguy, je n'en ai plus.

— A quoi bon t'épuiser en regrets superflus ?
Tu pourras ressaisir encor l'amour d'Armelle.

— Ne raille pas, vieillard, la douleur est cruelle,
Elle est sacrée aussi. Je sens bien qu'ici-bas
Je dois borner mes vœux à l'oubli du trépas ;
De mes rêves déçus triste et pâle victime,
Chacun de mes instants est un pas vers l'abîme,
Mon superbe avenir, ma gloire et mon bonheur,
S'écroulent dans le sang d'une horrible douleur.
Il me semble, je sens qu'un lourd oiseau de proie
Abattu sur mon cœur, le déchire avec joie.
Quand je pense, vois-tu, que cet être adoré
Au bonheur de Gontran sera bientôt livré,
Il surgit en mon âme une douleur si vive
Que si je la disais aux brises de la rive,
Je verrais sur ce sol qui doit me voir mourir,
Les arbres se sécher et les fleurs se flétrir.
La lumière du jour me fait mal, j'aime l'ombre;
Et cependant la nuit, douloureux et sans nombre,

Des fantômes hideux hantent mon faible esprit ;
La force m'abandonne et le sommeil me fuit ;
Ah ! c'est, sous le soleil, un dur pèlerinage
Que celui qui nous mène à la tombe. »

— Courage !
Fit le sorcier maudit dont l'œil méchant et bleu
A ces mots de Dual, brilla d'un sombre feu.
Veux-tu guérir, mon fils ? dit-il d'une voix forte.

— Tu veux dire espérer, fit Dual, que m'importe !
Espérer c'est attendre ; et tu dois le savoir :
Avoir la patience est avoir de l'espoir
Et l'on n'est patient que maître des années.
Crois-moi, Tanguy, crois-moi, mes heures sont comp-
[tées. »

— Demain, te dis-je, Armelle est à toi.

— C'est trop peu
Et c'est trop fit Dual ; que sous le ciel de Dieu,
Cette femme jamais n'appartienne à personne !
Le sort me la ravit, eh bien ! je l'abandonne.
Mais mon cœur outragé revendique son bien
Et livre à ton pouvoir Gontran qui m'appartient.

— Ce soir il sera mort. »

— Quoi ! tu serais capable
De ce que tu promets ! ô bonheur ineffable !

Quoi! tu m'ouvrirais donc cet horizon joyeux,
Que rêvait ma pensée et qui charmait mes yeux!
Je vais donc ressaisir en mes mains défaillantes,
Cette vie où mes jours ont des heures sanglantes,
La dompter, la plier selon mes volontés,
En savourer gaiement toutes les voluptés!
Les plaisirs, le bonheur et jusqu'à la vengeance,
Tendent encore vers moi leur douce jouissance,
Je vais donc arracher au Dieu qui m'est cruel
Pour venger ma douleur un morceau de son ciel!
Hélas! que dis-je là pauvre être misérable,
Moins lourd aux mains de Dieu que n'est un grain de
[sable,
Qu'un sourire a brisé qu'un baiser fait frémir,
Eh quoi! je suis un homme... et parle d'avenir!

— Oui parle d'avenir, mon fils, et multiplie
Ces élans de ton cœur qui montent vers la vie,
Loin d'être de vains sons qu'un souffle peut briser,
Il ne tient qu'à toi seul de les réaliser.

— Que dois-je faire?

— Rien, mais il me faut ton âme.

— Qu'entends-je? ai-je compris ce que tu me ré-
[clames?
Qui donc es-tu, Tanguy?

— Je suis fils de Satan.
Le monde sous mes pas baisse son front géant.
Vingt légions d'esprits ailés, cortège insigne,
Fidèles à ma voix m'obéissent d'un signe,
Je donne la richesse et la gloire à mon gré,
Je fais qu'un homme soit calme ou désespéré,
Je suscite d'un mot ou l'amour ou la haine
Ou bien je les éteins de ma main souveraine.
Mon maître étend son joug partout et sans effroi,
On ne devient heureux qu'en subissant sa loi.
Son nom qui des humains rompt les plus fortes [chaînes,
De ses vils ennemis glace le sang des veines;
Son immense pouvoir bien souvent souffleta
Jéhovah dans les cieux, Jésus au Golgotha. »

— Tu blasphèmes, sorcier, homme rampant et lâche,
Rugit Dual mettant la main sur une hache,
Je m'en vais châtier ton cœur dénaturé
Pour insulter le Dieu de ma mère adoré.

— Arrête, fol enfant, et laisse là tes armes,
La menace chez moi n'éveille pas d'alarmes ;
Je te le dis encor, non, je ne te crains pas
Et d'un mot, entends-tu, je sècherais ton bras.
Oui, Dual, je sais bien qu'une foi mensongère
Fut de tes premiers ans la nourrice première,
Ta bouche l'a jadis sucée avec le lait,
Tu l'estimes encor, ton âme s'y complaît.

Fort bien! mais ton esprit doué d'intelligence
Ne remarque-t-il pas avec l'expérience,
Que ce que les humains sous la voûte du ciel
Ont appelé le mal, est le bien éternel?
Car Satan court avec sa force souveraine
Au devant des désirs de la nature humaine.
Elle assouvit par lui les plus doux des penchants,
Et si Jésus, jaloux de ces charmes puissants,
A voulu mettre un frein aux désirs de notre être,
C'est qu'il a voulu vaincre et détrôner mon maître.
Tu peux juger toi-même au nombre des humains
Qui suivent ces deux lois, où penchent les destins,
Si c'est vers la nature ou bien vers l'évangile.
La meilleure des lois c'est bien la plus facile,
Et dans le monde entier inclinant tous les fronts,
Sans frein et sans péril, c'est nous qui triomphons.
Tu peux donc abdiquer sur cet autel de pierre
Cette religion qui t'a charmé naguère
Afin de conquérir de nouveau ton bonheur. »

— Jamais!

— Que veux-tu dire, ô Dual, ta douleur
Ne veut-elle donc pas trouver ici son terme?
Regarde l'avenir que ce : jamais! te ferme;
Tu livres donc ton âme aux formidables coups
Dont va la déchirer ton Dieu cruel, jaloux,
Qui veut éterniser pour toute récompense
A toi qui l'as servi, ton horrible souffrance, »

— C'est vrai !

« Tu croyais donc que ton Dieu seul créait
Les âmes qu'ici-bas la tienne rencontrait ?
Tu te trompes, Dual, la puissance féconde
De Satan a créé la moitié de ce monde,
Il a fait ta belle âme et c'est bien pour cela
Que la main de Jésus t'accable... brise-la !

— Ah ! tu demandes trop, Tanguy, c'est impossible !

— Alors puisque tu reste à ma voix insensible,
Armelle sera bien dans les bras de Gontran
Et tu vivras assez pour le voir.

— O serpent !
O vieillard infernal ! Tu tourne en ma blessure
Le fer que dans mes flancs mit une main parjure,
Je sais, et mon esprit en est épouvanté,
Que ce que je vais faire est une lâcheté...
Mais non, je souffre trop, allons, ma force est morte...
Que me veux-tu ? »

Tanguy s'avança vers la porte
D'une crèche taillée au milieu du granit,
Un faon y reposait doucement ; il le prit,
Et liant fortement ses pattes aux nerfs frêles,
Le mit sur le dolmen aux étreintes mortelles.
L'enfant vint lui porter un couteau, tout tremblant,
Et posa sur l'autel une coupe d'argent.

Tanguy tourna trois fois alentour de la pierre
En proférant les mots d'une horrible prière,
Puis, saisissant au cou l'innocent animal,
Lui porta droit au cœur le coup sûr et fatal.
Rapidement Tanguy reçut dans le calice
Le premier flot de sang coulant du-sacrifice,
Puis tendant cette coupe au capitaine il dit :
« Bois ! »

Et Dual saisit le breuvage maudit.
Un nuage assombrit son front farouche et blême,
Il pensa qu'il allait s'affaisser sur lui-même ;...
Mais soudain son visage empreint de passion
Rougit ; il avait pris sa résolution.
S'approchant aussitôt de la porte béante,
Vers elle il éleva la coupe encore fumante,
Et d'un sauvage accent par la haine irrité :

« Gontran, s'écria-t-il, je bois à ta santé ! »

Or, comme il approchait la coupe de sa lèvre
Brûlante de plaisir et tremblante de fièvre,
La foudre en crépitant retentit dans le ciel.
Il s'arrêta.

La grotte au granit éternel
Sentit en cet instant osciller ses murailles,
Et l'univers trembla jusque dans ses entrailles.
Ensuite on entendit dans ces lieux souterrains
Sur le vent courroucé gémir des cris humains,

Des appels anxieux, des voix désespérées,
Qui semblaient s'exhaler des vagues effarées,
Appelant au secours contre un pouvoir maudit.

Dual jeta la coupe au vieillard, et sortit.

QUATRIÈME CHANT

DIEU.

Avez-vous vu parfois la terrible tempête
Faire de l'océan son affreuse conquête,
Quand, suivant dans son cours le vol des aquilons,
Elle envahit soudain les larges horizons ?
Ce sont à l'infini des montagnes mouvantes
A la base verdâtre, aux crêtes écumantes,
Qui semblent s'avancer contre le continent
Afin de l'engloutir sous leur assaut géant.
Mais soudain, au milieu de leur course sauvage,
Elles trouvent les rocs protégeant le rivage,
C'est alors qu'on les voit sur l'écueil le plus fort
S'épanouir dans l'air comme des fleurs de mort.

Au-dessus, un amas de nuages sans nombre
Est maître de l'espace, et l'azur est de l'ombre.
Sortant en rugissant du sein des horizons,
Le vent affolé passe en affreux tourbillons.
Pour éclairer l'horreur de ces scènes funèbres,
Parfois la nue ouverte au sein de ses ténèbres
Lance sur l'océan un monstrueux éclair,
Car le ciel sur les flots a fait place à l'enfer.

Quand Dual de la grotte eut franchi l'ouverture
Ce terrible ouragan régnait sur la nature.
De plus, il aperçut sur les flots écumeux
Un esquif démâté combattant avec eux.
Sept personnes à bord criaient désespérées,
Mais hélas ! le courant furieux des marées
Insensible à leurs cris et fidèle à la mort,
Les entraînait toujours sur le roc de Rossmor.

Longtemps avant ce jour, à l'heure du naufrage,
Un superbe navire écrasé par l'orage
Échoua sur le roc affreux sans aucun mal.
Les marins pénétrés d'un respect filial,
Joyeux d'être sauvé des horreurs de l'abîme,
Ornèrent d'une croix la bienfaisante cime.

Il n'en fut pas ainsi ce jour-là, car l'esquif
Par le fil du courant poussé sur le récif,
S'entr'ouvrit et bientôt disparut sous les lames.
Mais l'ange radieux qui veille sur les âmes

Et les protège encore à l'heure des dangers,
Vint apporter son aide aux pauvres passagers ;
On les vit sains et saufs gravir la roche immense
Qui semblait maintenant être leur Providence.

Vain espoir ! l'océan commençait à monter,
Et peu à peu gagnant le sommet du rocher,
L'onde allait engloutir dans un linceul mobile
Les pâles naufragés et leur dernier asile.
Lentement, sûrement, un horrible trépas
Se préparait pour eux.

Dual n'hésita pas ;
Il bondit aussitôt dans sa vive nacelle
Et quelque temps après, plein d'un généreux zèle,
Il s'avançait au sein de ces flots éperdus,
Portant secours à ceux qui n'en espéraient plus.
Il avait combattu déjà mainte tempête,
Déjà bien des éclairs avaient lui sur sa tête,
Aussi le flot grondeur courbant son front altier,
Subit son gouvernail et le laissa passer.

Il aborde au rocher aveuglé par l'orage,
Et malgré les embruns qui fouettent son visage,
Recueille avec bonheur au milieu du récif
Les naufragés qu'il prend dans son fragile esquif,
Puis il veut déborder pour regagner la terre.
Mais hélas ! il sont trop, la nacelle est légère !

Il faut que l'un d'entre eux à la mer en courroux
Se dévoue aussitôt pour le salut de tous.
Dual va désigner la victime indécise
Et jette un long regard dans la barque.... ô surprise !
Son œil en se levant d'un sombre éclair a lui.
Armelle avec Gontran sont là.... livrés à lui.

Voilà donc, ô Dual, les rêves de ta haine,
Ces effluves de sang dont ton âme était pleine
Incarnés devant toi ; le plus doux des destins
Dépose en cet instant ta vengeance en tes mains.
Regarde-les, Armelle au front tremblant et blême,
Se cache dans les bras de ton rival qu'elle aime,
Ne vas-tu pas briser leur amour insolent?
Vois, la barque s'enfonce et l'étreinte du vent
Va bientôt t'engloutir dans la mer en furie !
C'en est fait de vous tous.

Alors Dual s'écrie :
« Allons, décidons-nous le temps presse ! »

Gontran
Embrasse Armelle et puis se lève en chancelant.

Mais tout à coup Dual se dresse sur l'abîme
Et d'un geste superbe arrête la victime.
Ses regards furieux ont rencontré la croix.
A cette vue il pense à ses jours d'autrefois,

A la religion sublime où sa pensée
Sous les ailes de Dieu fut ravie et bercée ;
Un rayon descendant du front du Rédempteur,
Apaise sa colère, illumine son cœur.
Cette croix dont les bras sur la vague profonde
S'élargissent dans l'air en bénissant le monde,
C'est le divin pardon, l'holocauste vainqueur,
L'amour sacrifié dans l'immense douleur.

Dual se tourne alors vers cette femme aimée
Qui par la trahison brisa sa destinée :

— « Armelle, adieu, dit-il, adieu je vais mourir...
Qu'importe n'est-ce pas ? je suis seul à souffrir.
Être adoré, mon âme en toi vivait entière,
Ton amour aurait fait mon bonheur sur la terre,
Tu me l'as retiré peut-être fis-tu bien !
Mais pour moi maintenant la terre n'est plus rien.
Ah ! je serai bien loin, Armelle, dans une heure ;
Mais que mon souvenir en ton âme demeure,
Que ta prière à Dieu murmure encor mon nom!
Ne crains pas le remords qu'efface mon pardon ;
Je te rends tes serments, tu me devras la vie ;
Le bonheur qui me fuit aujourd'hui te convie.
Adieu ! soyez heureux ! »

Dual, après ces mots,
Bondit en repoussant la barque sur les flots,

Il tomba sur le roc, puis en gravit la cime;
Et là, le front au vent et dominant l'abîme
Qui hurlait à ses pieds l'hymne de son trépas,
Debout il entoura la croix de ses deux bras.
Il contempla longtemps la légère nacelle
Qui mutilait son cœur en l'éloignant d'Armelle,
Dernière vision de ses rêves déçus,
Mais aussi des douleurs qu'il ne souffrirait plus.

Lorsqu'il vit au lointain le fragile navire
Toutes voiles au vent pénétrer dans le port,
Sa lèvre froide et pâle eut un triste sourire,
Et se croisant les bras, il attendit la mort.

TABLE

Imprimerie A. Lahure, 9, rue de Fleurus, Paris.

6958. — Imprimerie A. Lahure, rue de Fleurus, 9, à Paris.

www.ingramcontent.com/pod-product-compliance
Ingram Content Group UK Ltd.
Pitfield, Milton Keynes, MK11 3LW, UK
UKHW020233220726
13923UKWH00002B/621

9 782019 475390